[美]杰姆斯·克洛伊德·鲍曼/著
[美]劳拉·班农/绘
耿猛/译
南来寒/主编

纽伯瑞儿童文学奖
获奖作品精选

7

比尔，伟大的牛仔

南京大学出版社

图书在版编目(CIP)数据

比尔，伟大的牛仔 / (美) 杰姆斯·克洛伊德·鲍曼著 ; (美) 劳拉·班农绘 ; 耿猛译. -- 南京 : 南京大学出版社, 2018.1
(纽伯瑞儿童文学奖获奖作品精选 / 南来寒主编)
ISBN 978-7-305-19082-7

Ⅰ. ①比… Ⅱ. ①杰… ②劳… ③耿… Ⅲ. ①儿童小说－长篇小说－美国－现代 Ⅳ. ①I712.84

中国版本图书馆CIP数据核字(2017)第186161号

出版发行　南京大学出版社
社　　址　南京市汉口路22号　　　邮　　编　210093
出 版 人　金鑫荣
项 目 人　石　磊
项目统筹　刘红颖

丛 书 名　纽伯瑞儿童文学奖获奖作品精选
书　　名　**比尔，伟大的牛仔**
著　　者　[美]杰姆斯·克洛伊德·鲍曼
绘　　者　[美]劳拉·班农
译　　者　耿　猛
主　　编　南来寒
责任编辑　陈　佳　宋冬昱
责任校对　张倩倩
终审终校　黄　睿
装帧设计　谷久文

印　　刷　江西华奥印务有限责任公司
开　　本　889×1320　1/32　　印张 5.75　　字数 140千
版　　次　2018年1月第1版　2018年1月第1次印刷
ISBN 978-7-305-19082-7
定　　价　26.00元

网　　址：http://www.njupco.com
官方微博：http://weibo.com/njupco
官方微信号：njupress
销售咨询热线：（025）83594756

纽伯瑞儿童文学奖（Newbery Medal），又称纽伯瑞奖。1922年由美国图书馆学会（American Library Association）的分支机构——美国图书馆儿童服务学会(Association for Library Service to Children)创设，旨在表彰那些为美国儿童文学做出杰出贡献的作者们。该奖每年颁发一次，专门奖励上一年度出版的英语儿童文学优秀作品。每年颁发金奖一部、银奖一部或数部。自设立以来，已评出数百部优秀的儿童文学作品。纽伯瑞儿童文学奖已成为美国乃至世界公认的儿童文学大奖。

内容简介

本书主要讲述了伟大的牛仔佩科斯·比尔的传奇故事。他小时候跟随父母搬家，途中不幸丢失，后被野狼养大成人。哥哥恰克无意中发现了他，并把他带回牧场。从此，佩科斯·比尔开启了他的牛仔生涯，他的人生翻开了新的一页。

得益于狼群的教导，佩科斯·比尔拥有超乎常人的能力。成为一名牛仔后，他不仅致力于发明各种东西，而且和兄弟们一起克服重重困难，建立了世界上最大的牧场。更值得一提的是，他征服了一匹被称作“飞马”的野马。飞马后来成了他一生的伙伴，并且为他的牛仔事业立下了汗马功劳。

随着现代化进程的不断加速，农民圈占了越来越多的土地，自由牧场的时代终结了。佩科斯·比尔不得不卖掉牛群，和飞马一起离开牧场，回归自然，重新过上了自由自在的生活。

目
录

第一部分

佩科斯·比尔成了一个牛仔

第一章 比尔变成了一只狼

佩科斯·比尔的经历神奇而又有趣，令所有男孩子都很羡慕。在很小的时候，他成了狼族中的一员。在长大成人之前，他一直认为自己是一只名叫贝尔的纯种狼。后来他发现自己属于人类，很快成了历史上最伟大的牛仔。下面将讲述故事的始末。

很早以前，比尔的父母驾驶着一辆破旧的篷车，穿过德克萨斯州，一路向西迁移。这驾篷车的车轮由梧桐木做成。他的父母坐在前面，父亲驱赶着一匹马和一头奶牛。这匹马眼睛斜视，走路不稳；这头奶牛身上长着红白相间的斑点。它们拉着马车并肩前行。篷车后面还坐着十八个孩子，母亲说他们嬉戏打闹的噪音比雷声还要大。

这一天，他们来到了佩科斯河边。就在马车艰难渡河时，车轮突然撞在了一块巨大的岩石上。比尔从后面滚了出来，红色的头发像豪猪毛一样竖起来，脖子着地，摔倒在一堆散沙上。那时，他才四岁，被摔得头晕眼花，只能躺在那里，眼睁睁看着马车渡过河流，渐渐消失在灌木丛中。若非母亲召集大家吃午饭，还不能发现比尔不见了。坐在最后面的孩子这才想起来，最后一次见到比尔是在渡河之前。

母亲和年龄稍大的八九个孩子急匆匆返回河边，四处寻找，却不见比尔的踪影。夜幕降临时，他们无奈地回到篷车里，继续赶路。从此以后，每当他们想起比尔时，总会想到那条佩科斯河，于是把他叫作佩科斯·比尔。

比尔从马车上滚下来后，迷失在灌木丛中，几个小时之后被一只有智慧的老狼发现了。它是佩科斯河与格兰德河流域狼族中无可争辩的首领，也是狼族中很有智慧的长者。出于对它的仰慕，它的追随者都喊它为格兰迪爷爷。

刚发现比尔的时候，格兰迪很好奇，也很谨慎，对着比尔又是闻又是叫，围着他转了好久，想确认他身上的气味，并确保是否有危险。它慢慢靠近，坐在地上观察比尔要做什么。比尔跑到它身边，伸出小手抚摸它身上又长又蓬松的毛。

“多么可爱的一只小狗！”格兰迪反复说，“是的，你真是一个惹人怜爱的宝贝儿。”

因此，后来野狼们给他取名叫贝尔。

格兰迪对于这一发现非常高兴，它在前面跑跑停停，轻声呼唤，领着眼前的这个男孩来到了一座高耸的大山脚下。从远处看，这座山像是被施了魔法一样，从草原上拔地而起。狼族中很多成员选择在山脚下筑穴而居。

这里远离人类住所，格兰迪为贝尔搭建巢穴，并传授他各种野外生存本领。它带着贝尔品尝美味的浆果，挖掘香甜多汁的根茎，教会他如何砸开矮

松上的小坚果。当他口渴的时候，格兰迪带他去找年轻的狼妈妈寻取奶水。就这样，贝尔的身体里注入了古老狼族的生命血液，逐渐成长为属于这片草原的野兽，他根本不知道其实自己是人类的后代。

格兰迪是贝尔的老师，传授他狼族世代相传的生活知识。它教会贝尔如何用声音传递信息，要对首领保持忠诚，以及善恶的标准。他还训练他长距离跳跃、跳舞、翻筋斗和快速旋转。最重要的是，格兰迪教会他在捕猎的时候，要隐藏起来，保持一动不动的姿势，伺机而动。

贝尔渐渐长得高大强壮，成了狼族的宠儿。野狼外出时总是给他带回他喜欢吃的东西，并向他展示捕猎的诀窍。它们告诉他田鼠在哪里打洞，画眉鸟在哪里筑巢；还告诉他松鼠把坚果藏在了哪里，以及如何在高耸的岩石中找到山羊的幼崽。

在接力猎捕长耳野兔的时候，它们告诉他应该站在哪里，什么时候开始追赶。在围困羚羊的时候，贝尔守在自己的位置，先把飞奔的羚羊赶进包围圈，然后迅速将它扑倒。

格兰迪不遗余力地把贝尔介绍给每个动物，并让它们保证不会伤害这个小孩儿。大野象咆哮着说："我将尽可能不去伤害他，但你也要告诉他自己要小心！"凶猛的灰熊咆哮着说："我曾经咬碎过很多人的骨头，但我不会伤害你的孩子。"臭鼬和豪猪像是嗓子发炎了一样，嘟囔着说："我们会把坚硬的毛发收起来的。"

但是，当格兰迪与响尾蛇沟通的时候，它发出嘶嘶的声音，用蔑视的语气说："还没有人要求我做这样的事情！我只乐意做我喜欢做的。"

"趁早放弃你邪恶的想法，"格兰迪警告它，"不然，你会后悔的。"

当格兰迪遇到狮熊兽的时候，情况更糟糕了。狮熊兽长得既像狮子又像

黑熊，但体格比它们要大十倍，它是世界上最邪恶的动物。“我只能警告你，”它咆哮着说，“想要保护这个孩子，最好让他跑得远远的！”它挥舞着尾巴，边说边走动，呲牙咧嘴，像是要随时咬碎别人的脑袋似的。“还有，你知道的，没有人愿意把我当成朋友。你们每个人都在背后散播谣言，说我携带致命病毒，见了我都躲着走。现在你却卑鄙地让我来帮助你。快滚，不然我对你不客气了！”

“我不是卑鄙小人，”格兰迪尖叫，“你早晚会后悔的。”

除了响尾蛇和狮熊兽，所有的动物都承诺不会伤害贝尔，让他过着快乐的生活。幸运的是，贝尔从不生病。锻炼身体，新鲜空气和温暖阳光使他成为了这世界上最健康、最强壮、最有活力的孩子。

贝尔在成长的过程中，一直坚信自己是一只纯种野狼。从很小的时候，他便学习理解各种动物的语言，包括洞里爬的、山里跳的、地上跑的和天上飞的。他自娱自乐，开始模仿身边每一个动物的叫声。他既能模仿鸟叫，也能像大黑熊一样吼叫，甚至能学狮熊兽的咆哮。

土狼们不喜欢贝尔的模仿，因为它们无法辨别这些声音到底是来自野鸡、野牛、蟋蟀，还是贝尔自己在玩耍。但是，贝尔精力充沛，对恶作剧乐此不疲。后来，他的模仿能够以假乱真，甚至能迷惑响尾蛇、田鼠和羚羊。他躲

在隐秘之处，一动不动，能把任何动物召唤过来，包括最聪明的动物。

贝尔长大后，跑得比最矫健的野狼还要快。到了夜里，他蹲坐在地上，与伙伴们一起悲伤地尖叫、号叫和咆哮。

狼群骄傲于把一个人类的孩子变成了一只高贵的野狼，使他擅长捕猎，精通狼族的生活方式和生存法则。它们更骄傲的是，它们使贝尔相信人类是最野蛮、最残忍的动物。

时间久了，贝尔的名声迅速传开。这些高傲的野狼恨不得在每个动物面前吹捧他，大家也非常羡慕聪明的野狼能够把一个人变成一只狼。贝尔变成了狼群的医生。当伙伴们踩到仙人掌，或身上被豪猪毛刺到时，他便用灵活的双手帮它们把刺拔出来。

日复一日，年复一年，格兰迪的身体越来越虚弱，不能再追赶野兔，不能再扑倒羚羊，不能再咬断野牛幼崽的腿。它牙齿脱落，不能再撕烂可口的肉食并咬碎多汁的骨头了。

有一天，格兰迪独自外出狩猎，再也没有回来。大家知道他去了很远很远的地方。

不过，贝尔也不要别人的帮助了。他强壮有力、动作敏捷，就像空中飞翔的小鸟。他总能以智取胜，狩猎本领远超伙伴们。有些野狼甚至开始怀疑他们之前的做法，不知道把贝尔变成一只狼是不是明智的决定。

第二章　佩科斯·比尔发现自己属于人类

格兰迪死后不久，贝尔经历了一次不可思议的冒险。那时，他正在连绵起伏的丘陵草原捕猎。这里到处都是土拨鼠，它们从隐秘的洞穴里时隐时现，嬉戏打闹。

贝尔趴在草地上，双手托腮，突然听到远处传来嗒嗒的马蹄声。他经常遇见野马，对马蹄声并不奇怪，奇怪的是他闻到了一股不一样的气味。在这片草原上，令他引以为傲的是，他能闻出来每一种动物身上的气味。但是这一次却不同，这种气味使他鼻子发痒，就像野草着了火一样。事实上，这是他自孩提以来第一次闻到烟草的味道，唤醒了他内心消失已久、模糊不清的记忆。

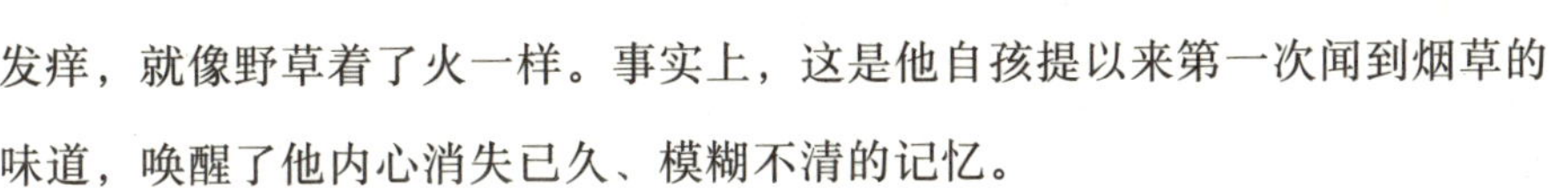

这一刻，贝尔变得好奇心十足，竟然第一次忘记了狼族捕猎的首要法则：静观其变，切忌暴露。他快速坐起，仰起头环顾四处，查看这奇怪的气味到底来自哪里。只见不远处一个人骑着一匹牧牛马奔驰而来。这个人名叫恰克，是个牛仔，看到贝尔后突然停了下来。

贝尔冲着他大吼三声，撒腿就跑。恰克善于模仿，发出了同样的吼叫。

贝尔越发好奇，停下来又吼了几声。恰克继续模仿。贝尔的吼叫意思是在问：“你是谁？”但是恰克只会模仿，并不知道是什么意思。

于是，史上最有意思的一次对话发生了：贝尔反复吼问同一个问题，恰克完美模仿了这个问题。

贝尔围着恰克一边快速奔跑，一边仔细嗅探，努力回忆何时何地闻到过人类和烟草的气味。恰克手握猎枪，仔细打量眼前这位怪异的野人，不禁钦佩他健康而又完美的身材。他身上每一块肌肉都发育充分，就像神话里的大力神一样；常年的风吹日晒使得他的皮肤呈亮棕色，全身汗毛呈亮红色；头发从未修剪，又长又硬，垂在肩膀上。

围着恰克快跑一个多小时后，贝尔不再害怕，他慢慢靠近，像狼一样坐下来静观其变。

“你真是一个有趣的家伙！”恰克大笑着说。

“有趣的家伙。”贝尔口齿不清，像一个四岁小孩儿。

恰克的声音低沉而富有韵律。贝尔像小孩子一样断断续续地模仿，无意识中正在恢复被家人遗弃前的语言能力。

接下来的一个月，恰克几乎每天都徘徊在这片草原上，继续着与贝尔的对话。恰克很有耐心地重复着每一个字、每一句话，同时利用手、胳膊、面部表情和音调来解释意思。贝尔很聪明，很快就能理解和掌握。不可思议的是，他说出的语句比恰克还要符合语法！这是因为他掌握了世界上最精密的语言——狼语。他能够把这两种语言结合起来，这令恰克刮目相看。

恰克还惊讶于贝尔学习语言的速度。“他比崭新的票子还要耀眼！”恰克对着牧牛马自言自语。他反复问贝尔：“你到底是谁？”贝尔努力回忆，但所能想到的是他是一只狼。“你又是谁呢？”贝尔反问道。

“我的真名叫鲍勃·亨特，”恰克大笑着说，“但哥们儿都喊我‘恰克货车’，因为我很能吃，能吃一货车东西。简单起见，你喊我恰克就行了。”恰克在马上换了一个舒服的姿势，用缓慢而又有节奏的语调问：“你赤身裸体，像只野狼一样在这里跑来跑去，到底在做什么？”

“我就是一只狼。”贝尔快速回答。

“一只狼？别开玩笑了！你是一个人！”

“可恶的人类！我不可能属于堕落而又野蛮的人类！我身上有跳蚤；我跟狼群一起打猎，跑得比叉角羚羊和长耳野兔还要快；我用尿液划分势力范围；我在夜晚仰天长啸，这是我们狼族古老的习俗。这些都不是你们人类拥有的特性。”贝尔变得很不耐烦。

“你一定是吃了大麻，变得神志不清了。”恰克大笑道，“德克萨斯州的每一个人身上都有跳蚤，这跟是不是人类没有关系。”

“我没有吃大麻！只有愚蠢的野牛和野马才吃那个东西。我脑子也很清晰，而且，我是一只狼！”

“你没吃大麻，难道我吃了吗？”恰克微笑着说，“你看，你是跟我长得一模一样的人。难道你不知道狼长着一条毛茸茸的长尾巴吗？你根本没有尾巴。”

说来也奇怪，这还是贝尔第一次这么仔细打量自己。可以立即确定的是，他确实没有尾巴。

“以前从来没有人跟我说过这些。或许……我不相信，我不想做堕落的人类……不管你怎么说，我就是一只血性十足的高贵的野狼！”突如其来的恐惧令贝尔不知所措。

“如果你还是执迷不悟的话，我只能说，你很可怜。”恰克哈哈笑了起来。

“你才需要被可怜，”贝尔怒吼，“你们残忍的人类都需要被可怜。你头上戴着牛皮做的帽子，肩上披着、腿上穿着羊毛做的衣服，脚上穿着小牛皮做的鞋。你甚至不自己走路，骑着马到处跑。我绝对不属于你们人类！”贝尔恨得咬牙切齿。

“人类！”恰克接着说，“人类！你恰恰是我见过的最完美的人。如果我有你这样的肌肉，我能打败所有的职业拳击手。”

“但是你也没有证明我不是一只高贵的狼。”贝尔固执地反驳。

“你想要证明是吗？好吧，跟我来，我会给你所有你想要的证明，快点。”

恰克跃上马背，调转马头，向佩科斯河方向飞奔而去。起初，他骑得很慢，怕贝尔跟不上。贝尔迈着大步，不一会儿就跑到了他前面。他加快速度，但仍然赶不上贝尔，贝尔还回头让他跟上。于是，他策马扬鞭，全速前进。贝尔迈起大步，飞驰而过，轻松自如。恰克揉了揉眼睛，简直不敢相信贝尔能跑得如此之快。

到达河岸后，恰克领着贝尔来到水边。他在奔腾的河水附近发现了一处池塘，安静的水面像一面镜子，映出了他俩的影像。

“再走近些，站在那里别动，弯下身子，仔细看看自己。”恰克命令道。

贝尔弯下腰，但根本不知道看到的就是自己。恰克急了，挽起裤腿，走进水里，大喊：“看看水里是谁？难道我们长得不像吗？”

贝尔按他说的做，在水里看到了一个跟恰克长得很像的人。他心想，这是谁呢？贝尔向左扭头，他也向左扭；贝尔向右扭头，他也向右扭。

贝尔惊呆了，难道恰克说的都是真的？难道自己真的属于残忍的人类？他一动不动地站在那里，一言不发。过了好久，他低下头，又看到了水中的那个人。这简直是一场噩梦！

恰克看到贝尔十分伤心，走过来拍了拍他的肩膀，压低声音说：“看，这个是我，那个是你。”

毫无疑问，有一个是恰克的倒影。而恰克旁边呢？肯定就是贝尔的了。凶残的人类！没有什么比这再糟糕的了。

就在这时，恰克在贝尔的右胳膊上面看到了一个奇怪的标记——星状纹身，透过垂下的红色长发清晰可见。

“天哪！我胳膊上也有一个这样的标记！”恰克大声喊道，指着自己胳膊上相似的图案。

贝尔第一次仔细打量自己的胳膊，又看看恰克的胳膊。“你什么意思？”他慢条斯理地问道。

“我的意思是你被找到了。你就是我丢失的小弟弟，你不叫贝尔，你叫比尔。”

贝尔又惊呆了：“你弟弟？”

“我敢肯定你就是比尔。听着，事情的经过是这样的。有一次父亲和一位巫师外出旅行时，学会了这种纹身。后来，母亲有了一个好主意，在我们出生时，每个人的胳膊上都刻上了这种星状纹身。她说想让我们永远记住我们的家乡‘孤星之州’。另外，万一我们有人丢失了，这颗星星会帮助我们找到他。你看母亲当初的决定是多么正确！你又被找到了。明白了吗？”

“刚才还说我疯了，你才真是疯了。”贝尔说。

“我刚才说的话绝对都是真的。如果你能放弃对人类的偏见，接受自己的真实身份，我愿意站在一堆高如月亮的《圣经》上面发誓，向大家重复我说过的每一个字。”

“人类就是可耻的！”贝尔咆哮着，“你彻底疯掉了。白色皮肤的人类就是低等可耻的！野狼才是这个世界上最高贵的物种！”

幸运的是，恰克还沉浸在他刚开头的故事中，并没有对贝尔的侮辱给予反击。

“贝尔，不，应该叫你比尔，我告诉你接下来发生的事情。我们家人一开始住在德克萨斯州，母亲觉得那里人太多，想搬到空旷点的地方去住。于是，父亲驱赶着一头小奶牛和一匹小马，驾驶着一辆车轮由梧桐木做成的篷车，带着全家人，沿着布拉索斯河谷，一直到达格兰德河。”

“你的母亲一定找到了空旷的地方。”贝尔称赞道。

“是的，我们原来住的地方离最近的小镇有一百英里，离最近的货站有七十五英里，但是有位移民在三十五英里远的地方安顿了下来。母亲说我们必须要离开这里了，她无法容忍在我们的农场附近住着陌生人。”

“你的母亲是怎样的一个人？”贝尔好奇地问。

“由你自己来判断吧。一天早饭前，她用扫帚柄赶走了农场附近的四十五个印第安酋长。这些人在农场附近整天无所事事，母亲拿着扫帚，对他们突然袭击，就像赶野鸡或豪猪一样把他们赶走了。

“后来，当地市长听说母亲是如此的勇敢聪明，特意送给她一把鲍伊刀作为礼物。有一次你的牙还磕在了上面，你可能都不记得了。”

“这就是我梦中的母亲。或许我真的属于人类吧。”贝尔开始接受自己的身份了。事实上，这位母亲听起来真的不错！

恰克并没有注意到贝尔的话，继续说：“我们坐着篷车赶路的时候，我猜你就是从这个地方被甩出去的。过了大半天，我们才发现你不见了。回去找你的时候，怎么也找不到。”

贝尔认为如果自己没有丢失，一定能成为一个很出色的人，他痛苦地喊道：“母亲一定不疼我！过了大半天才发现我不见了！格兰迪肯定做不出这样的事情，它爱我，日夜守护我，从不允许我离开它的视线，哪怕是一分钟！”

“你根本不知道是怎么回事，”恰克继续说道，“事情是这样的。你有十八个兄弟姐妹。在你被甩出去后，篷车里面还有十七个孩子在那里喧哗，多一个少一个根本不受影响。此外，还有个比你更小的妹妹在母亲的怀里一直哭。当时母亲坐在篷车的前面，你的姐姐索福瑞娜负责照看你，但她当时在和霍克争吵。霍克在开她的玩笑，说搬家后，她再也见不到农场附近的心上人了。所以，在没人照顾你的情况下，你被甩出去了，而且长时间没被发现，这也可以理解。”

“就当如此吧。”贝尔像是在说梦话，“当母亲发现我不见了，她做了什么？”

“虽然母亲仍有十七个孩子需要照料，但她常常想起她的小比尔。她常常梦到野狼和黑熊在啃你脆弱的骨头，大半夜被吓醒。她望着你坐过的空椅子的时候，常常发出叹息声。她临死前的最后一句话就是，我要去见我的小比尔了！”

“唉！真是善良的人。”贝尔叹了一口气，“但是我不会像爱格兰迪那样爱她的。我的父亲呢？”

恰克大声笑了起来："他是个普通人，喜欢穿马裤。他养了七条狗，喜欢抽烟，经常在兜里放一卷烟叶。他宁愿花时间在空心树里掏兔子，也不愿意保护狂风中的家人。他宁愿孩子被大风刮走，也不愿意放弃一只兔子！对于母亲来讲，父亲并不重要。母亲曾用扫帚赶走四十五个印第安酋长，你不能期望她会可怜这样一个丈夫。

"再说了，如果母亲她没有在她的老头身上练习，她也不能那么容易就吓跑酋长。实际上，她是我们农场的领导，父亲只会服从命令。我们给他取的外号叫摩西，但母亲是上帝。母亲把命令写在石桌上，这个可怜的男人只能温顺地服从。他非常温顺！"

"你的故事听起来合乎情理，我也同意我们之间有些相似。但是我不想成为凶残的人类！我不想穿衣骑马。我要自由！我要强壮！我要像熊和狼一样野性十足，自然纯净，健壮有力！我要躺在薄雾中，滚在雾毯上，呼吸清新的空气。我要领着我的动物兄弟们驰骋天际，感受它们注视我的目光。"

"别傻了，兄弟。是时候忘掉自己叫贝尔了，变回比尔才是你正确的选择。你跟我来，我要把你带到农场，在那里你会比以前生活得更幸福。"

"今天我还不想跟你走。我得回去和狼族兄弟们道别。"

"那就明天，明天我过来接你。我们会教你人类古老艺术的精髓和牧场艺术。当然，你的野外生存技能也不错。你强壮如牛，敏捷迅速，你会成为最厉害的牧牛人，人尽皆知。"

恰克的话唤醒了贝尔的天性，他却毫无察觉，但是他清醒地意识到一定要跟着恰克离开这里。他抬起头，意志坚定，郑重地说："恰克哥哥，我听到了召唤！今天我与你告别，明天我跟你走！"

说完这些，贝尔头也不回，轻盈飞奔，穿过绵延起伏的山脉，越过灌木

从，很快消失在远方。

恰克揉了揉眼睛，确信这一切不是白日做梦。随后，他踢起长靴，飞身上马，奔向牧场。他一路高歌，声音嘶哑：

随飞鹰在天空翱翔，
随骏马在草原驰骋，
我要教会比尔驯服德州公牛。

第三章 恰克带佩科斯·比尔回家

恰克到达牧场时，还在尖声高唱：

随飞鹰在天空翱翔，
随骏马在草原驰骋，
我要教会比尔驯服德州公牛。

“恰克，这阵子你去哪里了？出了什么事？”恰克最好的兄弟莱格斯慢吞吞地问，他正坐在那里等着恰克吃晚饭，“我经常说，每当你或印第安野人哼起歌曲的时候，世界就要大难临头。你的歌声既像八哥又像翠鸟。”

“如果你也去了那里，看到所发生的一切，你也会歌唱的！我一路高歌，就是为了确信自己没有疯掉！”恰克边说边从马上下来。

“到底发生了什么事？”莱格斯迫切地问。

“就在我要过佩科斯河的时候，碰到了一个人，他却说自己是一只狼！他光着身子，像个野人一样四处乱跑；红头发披散在肩上，要是编成辫子，足足有一英里长；胸前的‘野草’能铺满我们半个农场。他认为我们人类低等、堕落、邪恶，而野狼却是这个世界上最高贵的品种！”恰克边说边坐下来。

“哪里会有这种事？”莱格斯大笑起来，拍打着他的靴子。

“当我说他是人的时候，他说根本不可能，因为他身上和狼一样长满了跳蚤！”

“我们身上也有跳蚤啊。这么说，我们也都成了狼了！”莱格斯大笑道。

“于是，我想办法说服他。我告诉他，他没有尾巴，不可能是只狼。我没法让他看到他长得更像我，而不像狼。我说了你可能不相信，他跑得比羚羊和兔子还快，这些都是我亲眼所见。”

“恰克，看来我得去拿杆抢，跟你去看看你所说的发了疯的野人。你真的是疯了！”莱格斯慢声慢语地说。

“接着往下听。”恰克没有理会他，继续往下说，“这个人的前臂有个星状纹身，和我胳膊上的一模一样。我料想他就是我们丢失的弟弟佩科斯·比尔。就是那年我们经过佩科斯河的时候，被篷车甩出来的那个小弟弟。他应该是被一群狼养大的，所以一直认为自己是一只纯种狼。狼群还引导他憎恨我们人类，就像憎恨剧毒响尾蛇一样。”

莱格斯微笑着说：“恰克，祝贺你彻底疯了。你一直在说疯话，我得去取杆枪，免得你口吐白沫，出现危险。”

“明天上午，”恰克严肃地说，“我要多牵一匹野马，拿几件衣服，到河那边把他接过来。你很快就会见到他，到时候你也会像我一样发疯的。如果有半句谎言，我甘愿吃枪子儿。”

两个小时后，农场的男人们围坐在火堆边吃晚餐时，恰克把之前的经历告诉了他们。

刚开始，兄弟们说除非恰克敢吃枪子儿，不然没法相信这样的故事。

但是，当他们看到恰克焦急的样子，不惜拿他的鹿皮衬衫、墨西哥马鞍和他心爱的骏马“老辣椒”打赌时，他们才开始半信半疑。

“如果你说的都是真的，”他们当中的领导史密斯说，“你口中自诩的高贵狼崽来到的时候，我们将请个马戏团欢迎他。”

其他人一致同意。

“我们很快就会把他的狼族思想洗刷干净！”他们叫喊道。

“我提议，让史密斯来当老师，教给他礼仪。” 胖子亚当斯说。

“同意！”大家齐声应答。

“我不管你们做些什么，”恰克表情严肃，语速缓慢，“只是有一点，你们要记住，他是我的小弟弟，我不准你们碰他一根汗毛。还有，一开始他可能会非常固执，你们要理解。他也不是你们任何人的玩物。我从来没有见过有人会像他那样，学习新东西那么快。”

“我觉得，他来的时候，晚上我们这儿会更热闹。”史密斯哈哈地笑起来。

“依我看，他是所有猎人中最敏捷的。”恰克恍惚地说。

依照传统，新人加入牛仔队伍时，将接受很多考验。比尔也不例外。

第二天上午，恰克牵着“老辣椒”和长尾小马来到了河对面，他看见比尔正蹲在那里。

比尔身穿一件破旧的，不合身的男人衣服，浑身不自在。

恰克一开始不敢相信自己的眼睛。确认这是他弟弟时，开怀大笑。

“一会儿你就得换下来。”他咧嘴大笑。

“我根本听不懂你在说什么。”比尔说。

“我的意思是你的衣服太大了。你是怎么买的衣服，这钱花的值吗？”

“这不是我买的，”比尔有些失望，哥哥不喜欢这身衣服，“这是别人送给我的！”

“我能问问，是谁送给你的吗？”

“当然是我的狼兄弟。大家都觉得，要是我光着身子跟你去牧场，不太合适，于是他们在离山很远的地方，杀了一个牛仔，扒掉了他身上的衣服。”

“我必须告诉你，”恰克表情非常严肃，“你犯了一个严重的错误，比尔，穿死人衣服是很不吉利的。”

为了确信比尔没有愚弄他，恰克从“老辣椒”背上跳下来，仔细打量。衣服上满是弹孔与血渍，还有数不清的狼牙印。停了几秒种，恰克说：“比尔，你最好马上脱下来！”

“真奇怪，”比尔心想，“这些人总是小心翼翼，不穿死人衣服，他们却穿用死去动物的皮毛做成的衣服。”

恰克慢慢走到正在吃草的“老辣椒”旁边，把拴在马鞍上的包裹解下来，递给比尔：“兄弟，试试这个。”

比尔有点不情愿，但还是挣扎着脱下了那身死人衣服，接过了恰克递给他的衣服。

“你真是笨拙，穿衣的姿势就像一个傻子。先把衣服挂在柱子上，然后跑着跳进去。”恰克边说边示范，“就像这样，抓着裤子上边。”

比尔终于艰难地穿上了衣服，恰克后退几步，啧啧称赞：“比尔弟弟，

你要是把脖子上的灌木蒿拽下来，把脸和下巴的秋草弹掉，你会比乔治·华盛顿将军还要帅。”

“人类真是奇怪的种族，”比尔又心想，“他们好像不需要付出任何努力就可以享受一切，大自然已经为他们安排好了。”

比尔清醒地认识到，尽管他学习新事物很快，但是要想成为哥哥那样的人，还需要加倍努力。

想到这儿，他既害羞又不安。

“比尔，站那里别动，”恰克边说边拿出来一把大剪刀，“你不能这个样子去牧场，你脖子和耳朵上有很多跳蚤，我得帮你弄掉。”

“我记得你昨天说过，人身上也有跳蚤。”比尔紧张地反对道。

“唯一不同的是，”恰克柔声说，“狼比人身上的跳蚤更多。”

话音未落，恰克举起剪刀，快速行动，大把大把的红发掉落在地。

“你脸上的毛有几码长，我再花几分钟的时间，用这把剪马毛的大剪刀把它们也剪掉。”恰克喋喋不休，“我得把你脸上的毛上上下下多剪几次，那样看起来会更完美。现在都能听见跳蚤的哀号声了，别怕，你正在恢复原貌。”

恰克停下来欣赏他的杰作。

“哎呀，你这个人啊，”他高兴地继续说道，“在这么多兄弟中，你是最让我感到自豪的。我不骗你，你让整个西南部的人都相形见绌。”

他花了半个多小时的时间，修修剪剪，擦擦刷刷，这才想起来要带他回牧场。

“比尔弟弟，你现在看起来已经帅多了，我们该一起回去了。”

比尔走向等在那里的小马，走路的姿势就像小猫脚上裹了一张纸。

“这双靴子糟糕透了！”他抱怨道，“我的脚，哦，我的脚！恰克哥哥，你还是让我穿上狼兄弟送给我的靴子吧。”

“老弟，”恰克亲切地说，“牛仔的脚就像女人的脚那么大。”

比尔痛苦地蹲下来，脱掉靴子以减轻疼痛。

“女人的脚！”他又抱怨。

恰克态度坚决。

“你必须下定决心穿上它，小伙子，牛仔就要有牛仔的样子。”

“还有比这更糟糕的事情吗？”比尔叹息道，“难道人类没有自由可言？野狼还让人做出选择呢。”

“好吧，”恰克看到比尔真的走不了路，笑着说，“看来你不得不穿上死人的靴子。但是，这双靴子的来历，你千万不能向别人透漏半个字。如果让农场里的人知道了，他们会拧断你的脖子。”

“真是越来越糟糕了！”比尔再次抱怨。

“你的脚常年不穿鞋子，所以现在穿着不舒服，”恰克继续笑着说，“穿上个把月就适应了，就像腌牛肉和腌猪肉在冬天会收缩一样。”

于是，比尔换上了靴子，与哥哥一起踏上了回家的路。

在骑着马慢跑着去往牧场的途中，一种强烈的信念让比尔感到不安，所有的人——也许他的哥哥恰克是个例外——都是既堕落又残忍的。

如果恰克也像他一样害怕那些人的话，他们肯定是残忍的了。要不然，为什么不能穿死人的靴子呢?

第四章 佩科斯·比尔变成了牛仔

恰克带着佩科斯·比尔来到了牧场，青铜肤色的牛仔们正围坐在篝火旁边用餐。锡制的盘子高高堆起，里面装满了他们最钟爱的大块煮牛肉、土豆和烤面包。锡杯中的清咖啡正冒着热气。

恰克向大家介绍比尔："枪械师史密斯，这就是比尔。比尔，他们分别是胖子亚当斯、撒谎大王、牛蛙多伊尔、月亮亨尼西、莱格斯、漂亮的皮特·罗杰斯、蚕豆孔……"

"他们给对方起的名字真有趣。"比尔边想边用他那锐利的目光捕捉每一幅生动的画面。枪械师史密斯身上有三只左轮手枪，腰带两边各悬挂一只，敞开的胸前别着一只；胖子亚当斯又高又瘦，太阳都不能照出他的影子；撒谎大王胸前的两个衣兜里各装着一只口琴，他也是又高又瘦，像一只饥饿的大灰狼；牛蛙多伊尔，双脚不停地抖动，像是在跳踢踏舞，令比尔想起了焦躁不安的土拨鼠；月亮亨尼西的嘴大得就像佩科斯河，几乎能饮尽河水；莱格斯身材矮胖，小腿又弯又短，如果站在圆形的牛套索中央，大半天都走不到边；漂亮的皮特·罗杰斯是个花花公子，既高傲又时髦，他头戴用十加仑买的帽子，腰带上镶嵌着一百个银币；蚕豆孔是个厨子，胖得像个黄油桶。

恰克还在介绍着佩科斯·比尔的时候，牛仔们突然扔下食物，一跃而起，撒腿就跑。待跑到安全之处，他们转过身，端起枪，对着比尔大声叫喊。

“这是个什么怪物？”他们指着比尔，大声说道。

“它不可能是狼，没有尾巴。”

“它不是长颈鹿，没有长脖子。”

“它不是美洲狮，没有那么高的咆哮声。”

“它不是狮虎兽，没有恶毒的眼睛。”

“不管怎样，它看起来很危险！”

“一定很危险。”

“它是不是得了狂犬病？”

“你们有没有见过这样一个恶毒的怪物？”

不一会儿，他们小心翼翼地回到篝火旁，陆续端起盘子，继续吃饭，同时用眼睛的余光注意着比尔。只要他稍微一动，他们便立刻跑掉。

牛仔们刚才的反应是比尔没有想到的。“原来人跟狼是一样的，”他自言自语，“他们和野生动物一样小心谨慎。”

其实，牛仔们刚才是假装害怕，让比尔相信他们被吓得不知所措。很显然，他们成功了，心里很得意。

接着，恰克示意比尔蹲在他们中间。蚕豆孔递给他一盘食物。他们像猫盯老鼠一样，看他如何吃饭。

聪明的野狼格兰迪曾不厌其烦地嘱咐比尔“三思而后行”。现在，他学到的知识正好派上用场。

比尔认真观察，他发现牛仔们是用餐刀把每一口食物送入口中的，而且

用餐时要保持安静。

比尔也尝试着用餐刀吃东西，既笨拙又尴尬。头两口食物都掉在了腿中间，还有一两次把饭送到了鼻子上而不是嘴巴里。几番周折，他终于学会了用刀切肉，并把肉送入口中。比尔为了给大家留下好印象，竭力表现，都没有注意到食物平淡无味。

枪械师史密斯刚一吃完，便站起身，围着篝火漫不经心地走来走去。他表情冷酷，手里来回转动着一根烟，然后划亮火柴，把它点燃。

突然，他把一个番茄罐扔向空中，毫不费力地拔出胸前的枪，瞄准射击，正中罐心。接着，他又陆续射穿了抛向空中的一个空酒瓶和一枚硬币。被击中的硬币差点掉落在比尔的盘子里。

他一边射击，一边观察佩科斯 · 比尔。恰克干得不错，清除掉了比尔脸上的杂草，使他看起来有了人的模样。他们都怀疑比尔是个经验丰富的牛仔，而且恰克和他弟弟可能在给他们设圈套。

他们看到比尔身上穿的衣服是恰克的。但是这双靴子呢？难道一个自认为是只狼的人，还会穿着一双齐整的牛仔靴？这双靴子哪里来的？不是恰克的。还有一把粗大的柯尔特式左轮手枪别在腰带上，腰带和枪也不是恰克的。一只狼拿着一杆枪做什么？他们彼此对视，对每个新发现都流露出疑惑的目光。

他们都被比尔强壮而完美的身材所吸引，着迷于他古铜色的皮肤和那双深邃而清澈的眼睛。他们都在他身上感受到了一股令人莫名害怕的神奇力量。他们都察觉到，他对周围的一切都表现出了浓厚的兴趣，对这个全新的世界充满了好奇。他身上一定还隐藏着更多的秘密。

但是，不能让比尔看出来他们此刻内心的想法。一定不能！所以，枪械师史密斯装作漫不经心地问："比尔，露一手怎么样，让我们见识一下你的枪法？”

“请恕我无法开枪。”他被史密斯的突然提问吓了一跳。

“为什么？今晚你的枪出了什么问题了吗？”枪械师史密斯耸肩了耸肩，笑着说道。

“是的，我的枪出问题了。”

“我把我的枪借给你怎么样？”

“不用，谢谢你。至少今晚我还不想借。”

“我来帮你检查一下你的枪，或许我能把他修好。”枪械师史密斯还在坚持。

“这是牛仔们的惯例吗？”比尔天真地问，同时向恰克哥哥求助。

“也是，也不是，”恰克模棱两可，不想卷入其中，“你想怎么做就怎么做。”

“要是这样的话，我就不开枪了。”比尔说。

枪械师史密斯又拿出一根烟，在手中来回转动。他悠然踱步，沉着冷静，默默地环视四周，想从其他兄弟的目光中捕捉些蛛丝马迹，看看下一步该怎么做。

他从兄弟们的目光中读到的信息是，一切由他做主，游戏继续进行。这时，枪械师史密斯看到夜幕已经降临，立刻兴奋起来。

“那好吧，”他叹息道，“既然你不想射击酒瓶和番茄罐，那就算了。我们出去射击真正的猎物怎么样？在我们这个大峡谷里，有一只可怕的怪物，名叫狮熊兽。它已经掳走了我们十二只四岁大的小公牛。你看这样行吗，我到峡谷上面把它引下来，你来射杀？”

“你是很厉害的神枪手，而我跑得特别快，我看还是我到峡谷上面，把

这个怪物给引下来。”比尔说完，一跃而起。

牛仔们快速眨动眼睛，用眼神交流：“这家伙还真是不谙世事。”

“比尔，我熟悉脚下的每一寸土地，为了更快地完成任务，最好还是我去把他引下来。你是知道的，人的尸体就是我们的早餐，”枪械师史密斯面无表情地说，“一具尸体够我们吃七个星期或两个月。今天早上我们刚吃了矮胖的艾克，他是我们腌起来的最后一具尸体。我们都很懒，宁愿吃自己的兄弟，也不想和邻近的大农场主发动战争，射杀他们。那么，我们来抽签决定下一个进入蚕豆孔煎锅的人。不论是谁抽到了那张幸运的纸牌，都得让蚕豆孔砍掉他可恨的头颅，把他剁成牛排，供我们享用。但是，我们在抽签之前，得赶快完成任务。”

“刚才的声音不是狮熊兽发出的，”佩科斯·比尔冷冷地说，“我能听懂每一种动物的语言，而且能和每一种动物进行交流。刚才那是人的声音，模仿得一点都不像。狮熊兽发出的声音充满血腥味。”

紧接着，比尔开始模仿狮熊兽的吼叫声。音量逐渐加强，尖锐刺耳，杀气腾腾。声音划破长空，令人毛骨悚然。其他人立刻站了起来，拔出了枪。

“别着急，”比尔未等他们开口，慌忙说道，“我将沿着峡谷飞奔下去，如果狮熊兽听到我的声音，我能在一分钟之内越过灌木丛和它对话。如果你们需要的话，我可以把它带回来，而且是活的。”

他们都被比尔的这番话吓得哑口无言，只能眼睁睁地看着他离开。于是，他们把愤怒的目光投向恰克。

“你还说他什么都不懂，”他们一起大叫，“他伪装成狼崽，实际上是个老手。你把他带过来，纯粹是为了愚弄我们！”

“我给你们讲的每一句话都是真的，”恰克辩解道，“没有谁能像比尔那样，发出让人毛骨悚然的号叫声。哎呀，撒谎大王学大灰熊的声音，听起来就像是蝈蝈在叫。还有，他刚才不愿意开枪，是因为他根本就不会用。我知道那双靴子和那把枪的来历，但是我和比尔都不会解释的。”

“你是个开朗的撒谎者。”

恰克露齿而笑：“你们就等着看吧。”

不一会儿，下面的峡谷口传来了令人不寒而栗的阵阵回声。

“什么声音？”他们立刻紧张起来。

“是比尔弟弟的声音，”恰克笑着说，“我告诉你们，他跑得比秃鹰飞得还要快三倍，一分钟之内就能赶回来。”

话音刚落，撒谎大王便连忙跑到大家中间，吓得脸色苍白。“恰克，你带来的是个什么样的妖怪？他一会儿把我们吓得魂不附体，一会儿又脱下靴子，跑得比子弹还要快；现在又听见那可恨的狮熊兽在哀号！他这是疯了，一定是疯了。我们的马和牛听到这声音后，肯定会跑得无影无踪的。它们会在某个地方打着喷嚏，发疯似的抓挠草坪。”

“好吧。”枪械师史密斯也急忙跑到大家中间，问道，“我们设定的环节都没有骗住这个狼崽。作为这场游戏的指挥者，我想问问接下来的节目该怎么进行？”

“我建议你还是快点洗牌吧，碰碰运气，比尔很快就会回来的。”恰克补充道。这时，又一阵令人毛骨悚然的号叫声，从更远处的峡谷中传来，他们被吓得魂飞魄散。

“我给你们讲的都是真的吧，绝对都是真的，”恰克继续说，“快看，他已经回来了！”

果然，比尔在五分钟之内跳跃着回来了，动作敏捷得像只小猫。他匆匆

忙忙，竟然忘了穿鞋。看到他光脚的那一刻，牛仔们终于相信了恰克所说的一切。他的脚上长满了老茧，像野兽的脚掌；脚指头毛茸茸的，像狼的爪子。

“你们都错了，那不是狮熊兽。”比尔立即说道，“我在峡谷尽头发出了两次充满血腥味的号叫声，如果它在附近，一定能听见。后来，我又和两只狼交流，它们告诉我一百英里内，一只狮熊兽都没有。你们都知道，这些狼对这座山了如指掌，它们知道所发生的一切。”

“和狼对话？”枪械师史密斯嘲笑道，“这让我想起了我们中间会有一两个人马上也能和圣·彼得讲话。下面该进行抽奖环节了，我们还等着享用可口的早餐呢。”

精彩的洗牌表演开始了。莱格斯双手飞快地旋转。他趁比尔不注意，把事先准备好的一张牌放了进去。

“这次是不是和以前一样，小牌赢？”莱格斯洗好牌后，假装诚实地问道。

“这一切都取决于你。”史密斯假装无辜。

“我提议这次把牌变换一下。K 最大，A 最小。”撒谎大王挑战道。

“同意的快点抽牌！”枪械师史密斯一边指挥，一边看着比尔，目光锐利。

十二双手马上举向空中，如同抽出手枪的速度。“大牌赢。”枪械师史密斯宣布。抽牌结束后，佩科斯·比尔举起了他那张幸运的纸牌。

“快点跑过去，让蚕豆孔砍下你的头，把你分成四部分。把我们不想吃的部分扔进肉桶里，然后腌起来。”枪械师史密斯命令比尔，假装悲痛。

“总之，你想让我相信什么？”比尔露齿而笑，“刚才我闻了闻肉桶，那里边除了腌牛肉，根本什么都没有。”

于是，佩科斯·比尔大获全胜。

枪械师史密斯失败了，所有的人都在嘲笑他。这时，比尔提议给大家表

演一段狼族的足尖舞。“不管什么时候，只要幸运降临到狼的头上，就要表演一段舞蹈。”

“当然可以！”十二个人齐声高喊，异常兴奋。

说完，比尔便带着这些半信半疑的牛仔们离开篝火，走出牧场屋，来到了一片空旷的地方。他在一片草坪上缓慢跳跃，然后不断加速，最后速度快得令这些牛仔们不敢确定，眼前的人到底是不是比尔。接下来，比尔开始站着正向旋转、反向旋转，然后前空翻、后空翻，接着正向转动车轮、反向转动车轮。他在地面上敏捷地来回滚动，同时发出孤独悲切的号叫声。牛仔们陶醉其中，被比尔的表演完全吸引。他们相信比尔一定是世界上最厉害的魔术师。突然，比尔停下来，假装姿势僵硬，直截了当地问：“你们说，谁是老大？”

“是我，一个小时前是我。”史密斯微笑着说。他向前几步，抓住了佩科斯·比尔的手，“但现在不是了。比尔，在我们设计的游戏中，你一个人赢了我们所有人，我们无话可说。从现在开始，你就是我们的老大。”

“说得对，枪械师史密斯。”十二个人齐声说道，声音嘶哑，“毋庸置疑，佩科斯·比尔将会是一个诚实善良的牛仔。”

“如果你们都认可我做老大，”佩科斯·比尔打趣说，“那么现在我命令蚕豆孔去喂牛。青草越新鲜越好。”

第二部分

佩科斯·比尔发明和改进了现代牧牛方法

第五章 佩科斯·比尔发明和改进了现代牧牛方法

不到一个星期的时间，牛仔们便完全听命于佩科斯·比尔，过上了如鱼得水般的生活。比尔学习能力很强，很快便掌握了牛仔应该具备的所有技能，并且青出于蓝而胜于蓝。枪械师史密斯、恰克和其他的兄弟在他面前就像小孩一样。他不在时，他们总爱吹嘘自己；他在时，他们便收敛许多，像一匹匹印第安小马。

不久，比尔就能够驾驭野马。他站在野马旁边，一个空翻，跃上马背，速度之快令野马都来不及反应。他能够不用马鞍和缰绳，以最快的速度在崎岖不平的路面上策马奔腾。这是枪械师史密斯和其他兄弟都不敢尝试的，即使他们手握缰绳。除此之外，他还思维敏捷，见解独特。

以前，牛仔们诱捕野马或者野牛时，会在地上放一根绳子，绳子的一端打成圆圈，放上诱饵，然后躲在大树后面等着猎物上钩。一旦有动物走进圆圈，他们便迅速拉绳。不过这种猎捕方法要靠运气。运气好了，一次能捕获十几只猎物；运气差了，一个月都抓不到一只。

“必须要改变这种方法，”佩科斯·比尔自言自语，“太浪费时间了。”

于是，比尔马上行动起来。他在牧场周围找到了一根最长的绳子，在空中甩了几下，然后骑马离开了。大家都不明白他要干什么。经过了三天不间断的练习，他已经能够套捕所有动物。唯一的限制是绳子太短。

他把绳子一端系了个大绳套，先在头上方用力甩三四圈，然后前臂和手腕突然加速，绳子便像子弹一样飞出去。

练习过程中，比尔不断增加绳子的长度。待技术熟练后，他把兄弟们都喊过来，给他们展示自己的新技能。

“看到那头红棕色公牛了吗？一头狡猾的野牛，对吧？”比尔平静地问。

大家还没有反应过来，比尔便挥动绳套，以迅雷不及掩耳之势甩向野牛。

野牛被牢牢套住，又蹦又跳，不停地吼叫。不一会儿，这头受惊的野牛，耷拉着脑袋，站在了大家面前。牛仔们目睹了这一切，比受惊的野牛还要惊讶。

比尔并没有止步于此，他开始在马背上练习。

一个星期过去了，比尔再次邀请大家观看他的新技能。大家睁大双眼，只见他坐在马背上甩了两下绳子，然后策马飞奔，迅速靠近一棵大树。然后，他飞快甩动绳套，用力抛向树枝。一只硕大的老鹰便从树枝最高处被拉下来。

牛仔们简直不敢相信自己的眼睛。“这真是一个奇迹！”他们赞叹道，“没有谁能像比尔那样把绳子扔得那么远！”

接着，比尔把他的新技能传授给了大家。经过两三个月的刻苦训练，每个人都能将绳子扔十到二十英尺远，并顺利捕获猎物。

佩科斯·比尔并不满足于现状。令他苦恼的是，他找不到更长的绳子了。于是他决定编织一条牛皮套索。他在丛林深处找到了一些脸色苍白、满身褶皱的老牛。这些老牛久居深山，背上长满了水藻。它们身上那些粗糙的长满苔藓的老牛皮正是比尔所需要的。

比尔用了三四天的时间终于编织好了牛皮套索。牛仔们到处宣扬，这个套索足足有赤道那么长，比尔用它能套捕附近的任何动物。

就这样，佩科斯·比尔解决了困扰牛仔和牧场主多年的难题。

后来，比尔了解到，牧场主之间是冤家对头。他们在牧场边界相遇时，常常抱怨和责备对方偷了自己家的牛，继而持枪相向，直到一方或双方倒地而亡。

“这些人怎么会做出如此愚蠢的事情？”佩科斯·比尔说道，“为什么不想办法给自家的马和牛做个标记？这样的话，不管它们跑到哪里，都很容易分辨，就不会再有枪杀事件发生了。在他们身上看不到一点狼族精神。”

他苦思冥想，希望能找到一个好办法来标记这些马和牛。这时，一只鹿蝇叮咬了他。在伸手拍打鹿蝇时，他无意间看到了自己胳膊上的星状纹身。“我们这些人加起来也抵不上妈妈一个人的智慧。”比尔自我嘲笑，竟然花了这么长时间才找到方法，“如果在这些马和牛身上刺上花纹，它们就能永远带着这些图案。”

当晚，比尔向蚕豆孔讲述了他的想法。不料，蚕豆孔听了以后，连连摇头。“纹身太慢了，”蚕豆孔边说边看自己胳膊上密密麻麻的紫色纹身，“我得花一个多星期的时间才能刻画出这样一个图案。如果在皮肤深层烙印，速度会快很多，而且也能留下永久的疤痕。你看看我手腕上的这个疤，已经二十多年了，和刚烙上时一样清晰。”

“你说得对，”比尔高兴地大喊，“我俩为牧场主们找到了一种新的辨认方法。”

比尔马上把这一发明告诉了牛仔们。大家都很惊愕，打心底佩服他的智慧。彼得斯是个铁匠，被派去给这些牛烙印。他把铁皮做成数字，准备加热烧红，烙在牛和马的身上。

第二天上午，所有的人都异常兴奋。他们把牛围拢在一起，用绳子捆上，把烫红的铁块烙在它们身上，打上烙印。

从早到晚，牧场烟雾缭绕，牛群痛苦地喊叫。

“告诉你们，要把铁棍烧得像樱桃一样红，”蚕豆孔一边指挥，一边大喊，“让烙铁在牛身上多停留一会儿，直到闻到烧焦的味道，要不然烙印很容易掉。”

“保持安静，你这个大嘴巴。”彼得斯一边干活一边大嚷，“我可不是好惹的铁匠！如果你再大声喊叫，我就用铁棍把你的嘴也烙上烙印。”

傍晚时分，牛仔们终于忙完了。共有五十七头公牛、四十一头奶牛和二十一头小牛犊。它们年龄各异，肥瘦不同。

“这些牛远远不够，”佩科斯·比尔很失望，一边观察一边说，“你们曾经说过，想要拥有一个真正的大牧场。森林里有不少野牛，我到那里把它们都赶过来。烙上烙印后，这些牛就都是我们的了。”

“但是，怎么才能让那些该死的长角野牛老老实实地待在这里，不再乱跑呢？”枪械师史密斯疑惑地注视着比尔，“如果放牧的时候它们在荒凉的大草原上乱跑，我们费尽心思给这些野牛打上标签，又有什么用呢？”

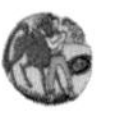

佩科斯·比尔没有想到这一点。一般情况下，牛仔们都把牧场建在有活水的地方，一些胆小、懒惰的牛便在这里安家。而那些精力充沛的牛不受任何限制，随意跑动。它们奔跑在大草原上，一旦遇到危险，便跑到灌木丛中避难。这些野牛像野鹿一样富有野性，很难捕获。

这种放牧方式意味着，牧场上牛的数量是不固定的。如果牧场里青草和水源充足，一些牛便会跑到里面觅食；但如果青草和水源匮乏，它们有可能会悄然离去。

“这种情况太糟糕。”佩科斯·比尔蹲在那里，自言自语，“现在的问题是，给这些野牛烙上烙印以后，怎么才能让它们成群结队，不到处乱跑呢？”

他一直试图解决这个问题。一天早上，大家还没有起床，他便一个人来到了一座小山顶上。远处连绵起伏的大草原上，有许多成群结队的牛群。

“处理不好的话，事情会变得更糟糕。或许可以这样，我每天晚上把这些牛围拢在一起，用大套索把它们绑上，第二天早上再把它们放开。”想到这里，比尔不禁笑了，“但是，这不是一个好办法，我不能老待在牧场里。我还有更重要的事情要做，我还要发明更多的东西。”

他坐在那里，一边思考一边注视着远处草原上的牛群。那些牛四处分散，有的身上烙着烙印，有的离开队伍迷失了。但是，当弄清楚一件小事情之后，他马上知道应该怎么做了。

比尔猛然站起，顾不上扭伤的肌肉，向牧场屋的方向飞奔而去。一到牧场屋，他便把大家都喊出来。

“我的计划是这样的，”佩科斯·比尔兴奋地说，“想让野牛成群结队，最好的办法是，大家每天和野牛一起出去。控制好领头牛的方向，它们就能够一直待在一起，去寻找最好的草地。”

“你的意思是，”枪械师史密斯嘲笑道，“我们这些牛仔，以后就要和牛生活在一起了？”

“和牛群待在一起，和牛群睡在一起？”月亮亨尼西酸溜溜地问。

“嗯，是这样的。”撒谎大王假装抹泪，哭着唱道：

我们放牧去远方，
露宿在苍穹之下，
蜈蚣穿过我的头，
巨鞭蝎爬上我的身，
蜘蛛和蝎子一起玩耍，
听那响尾蛇的哭泣声，
还有野狼的摇篮曲。

“我不喜欢这样的生活。”月亮亨尼西抱怨说。

“如果你尝试去做，看到牛群向你狂奔而来，你就会喜欢上的。”枪械师史密斯讽刺道，“毫无疑问，不管是周末还是工作日，每天每顿都是野餐。”

“野牛被烙上烙印后，你们要时刻盯紧领头牛，不能让它们跑丢了。”佩科斯·比尔平静地说，“在星空下露宿是件非常美好的事情，我有着长期的经历。”

“总比照顾刚满月的小牛犊要省心。”枪械师史密斯苦笑着说。

“既然你们都同意了我的想法，事不宜迟，我马上就走。我要赶在明天早上把野牛带回来，然后给它们烙上烙印。我不在的时间里，枪械师史密斯就是你们的领队。他会管着你们，不让你们胡闹。”

说完，佩科斯·比尔冲进了夜色中。他刚一离开，大家就开始疑惑，他的到来到底是好事还是坏事。

“恰克，你的这位怪兽弟弟没来的时候，”月亮亨尼西说，“我们一直过着平静安逸的生活。我们最想做的事情就是聊聊天，吸吸烟。你看现在，我们都要付出艰苦的劳动！”

“在我看来，一切都在向好的方向发展，”恰克回答道，“你们要知道这一切将带给我们荣耀和黄金！”

“既然我被任命为你们的领队，”枪械师史密斯握着枪，拖长腔调慢吞吞地说，“恰克，我交给你一项光荣的任务。我们睡觉的时候，你带上‘老辣椒’，看守那些已经打上烙印的牛群。如果它们乱跑，你就控制领头牛；如果它们渴了，你就带它们去喝水。”

“非常感谢你交给我的这份荣誉。”恰克说完，立刻起身，准备去执行任务。

“我们剩下的这几个人，”枪械师史密斯继续说道，“都待在这里，准备好绳子和烙铁，等着比尔把野牛赶回来。”

“好吧。”月亮亨尼西打着哈欠，无趣地说道，“我敢断定，他明天早上不会赶着牛群回来的，至少得到下个周末。”

“不要再骗自己了。”恰克已经穿好靴子，精神抖擞，“很明显，你对我的这个弟弟还不太了解。”

“你的弟弟！”月亮亨尼西抱怨道，“不要在这里谈论他了，快点该干吗干吗去！”

第二天早上，牛仔们被外面嘈杂的牛叫声吵醒了。他们揉了揉眼睛，四处张望。令人难以置信的是，比尔回来了，还带来了一大群野牛，多得一眼望不到头。

“你们还没有起床吗？”比尔笑着说，“我可是度过了一个非常美妙的夜晚。我赶来了这么多牛，看来大家要忙活一阵子了。”

“你带来的野牛太多了，我们得花整整一个月的时间，给它们烙印。”枪械师史密斯显得不太高兴。

他们狼吞虎咽地吃完早餐，马上忙活起来。蚕豆孔拿着水壶和平底锅跑来跑去，忙得像只无头苍蝇；彼得斯手持烫红的烙铁，不停地给这些野牛烙印。牛群挣扎吼叫，牧场上尘土飞扬。就这样，他们一直忙到太阳落山，疲惫的牛仔们给三百三十八只野牛都烙上了烙印。三百三十八只！他们为佩科斯·比尔欢呼！

看到这一切，佩科斯·比尔非常高兴。接下来的几个月，他晚上出去寻找野牛，第二天一大早赶着吼叫的牛群回来。到了季末，牧场俨然成了四脚兽的海洋。

佩科斯·比尔忙着寻找野牛，其他人则忙着给野牛烙印。这项工作忙完之后，他开始教兄弟们如何驯服野牛，如何在马鞍上生活，如何在吃草的牛背上打盹，如何用柔情的歌声安抚躁动的野牛，如何把牛群聚在一起。

更重要的是，他教给兄弟们如何控制领头牛。他把所有的牛聚拢在一起，让它们绕圈不停走动。待它们气喘吁吁、筋疲力尽的时候，再回到起点。

接下来的日子，蚕豆孔成了世界上最忙碌的人。他奔波于牧场屋和草原之间，给大家送饭。他穿梭于四五个地方，每天带着水壶和平底锅；回来的时候，再带回前一天下午留下的空碟子。他一天恨不得要忙活二十七个小时，坚持了一个星期后，不得不放弃。再这样下去，他可能就只剩下幽灵般的躯壳，在送饭的小径上徘徊了。

蚕豆孔精疲力尽，几乎要崩溃了。后来，他准备了两个星期的食物，放在一辆骡子拉的马车上，离开了牧场屋。他离开不到半天，牧场就乱得像庞贝古城遗址一样。

牛仔们的生活很快走上了正轨。一切都像上了发条的闹钟一样，按照计划有条不紊地进行着。佩科斯·比尔对目前的情况非常满意，想不出还有什么东西需要发明。于是，他决定走出去，把自己所做的一切告诉其他人，不是为了给自己扬名，而是为了所有牛仔的利益。

一天晚上，安顿好牛群之后，佩科斯·比尔告诉领队史密斯，他要离开牧场一段时间。“如果有人问我去了哪里，”他低声说，“你就像往常一样告诉他们，我第二天早上就会回来。”

于是，比尔脱掉靴子，夹在胳膊下，卷好绳索，背在肩上，跳跃着横穿连绵起伏的大草原。每到一个新牧场，他便穿上靴子，昂头挺胸，面见牧场主。牧场主们听了他讲述的传奇故事后，都张大嘴巴，不敢相信。就这样，他在一两个小时之内就走过了四五十英里。

比尔花了两三个月的时间，拜访了整个西南边疆所有的牧场主。一开始，他们都认为见到了这个世界上最大的撒谎者。但是，当比尔拿出套索展示技能后，他们便深信不疑了。

佩科斯·比尔展示的技能远比他讲述的故事精彩。他用长套索套捕了飞奔的野牛和翱翔的秃鹰。不仅如此，他还能轻而易举地套捕视野范围内所有的动物。

比尔闪电式的拜访，在困惑的牧场主们之间引发了一场激烈的争执：“佩科斯·比尔到底是什么人？你说他九点钟还在渡口？但是他十一点钟在狡猾的迈克那里，这中间足足有四十英里的路程，可能吗？他独自一人，赤脚走路，不是吗？”每个牧场主看起来都比他的邻居知道的多。

但是这一切都是真的，的确是真的！经过不懈的努力，佩科斯·比尔成功地说服了牧场主们，在每年的春季和秋季，把各家牧场和河谷范围内的牛全部聚拢在一起，按照牛的特征进行辨认。那些走失的难以辨认的牛则被平均分配。准备工作做好后，牧场主都给自己家的牛烙上了烙印。

从此以后，牧场主们辨认丢失的牛时，都依照佩科斯·比尔的好方法，而不再用枪说话。

佩科斯·比尔很快名扬四海，他的传奇故事在牛仔们中间广为流传，传遍了整个国家。从格兰德河谷传到了德克萨斯州、新墨西哥、亚利桑那州、科罗拉多州、堪萨斯州和内布拉斯加州，远至荒凉的蒙大拿和怀俄明州。牛仔们一旦在路上相遇，便将一只脚从马镫上放下来，稍作休息，向着对方喊道：“嗨，伙计，你听说过佩科斯·比尔的故事吗？他是套索比尔大叔。他的套索足足有赤道的两倍长！他要是能登上月球，就能套住飞行的星球，把它们带到银河系中。对他来说，这样的事要比我们套捕一头小母牛还要容易！”

第六章 佩科斯·比尔教牛仔们玩游戏

佩科斯·比尔认真思考他之前所做的一切，发现努力没有白费。“牛仔们开始学着一起干活了，”他自言自语，“这是一件好事。目前他们最需要的是学会一起玩游戏，游戏能够给他们带来欢乐。野狼曾经告诉我，游戏能够培养团队精神！”

于是，比尔开始为牛仔们发明游戏。“这些游戏不能太简单，”他对枪械师史密斯说，“我得让他们尽力展现各自的技能。让我想想该怎么做……”

秋季来临，又到了赶拢牛群的季节。牛仔们聚集在一起时，佩科斯·比尔向他们讲述了新计划。当然，他会一马当先，成为这个国家乃至这个世界上第一个表演套马术的牛仔。

为了兑现承诺，接下来的几个月，比尔找来好多种野马刻苦训练。这件事情除了枪械师史密斯，他没有告诉任何人。约定表演的日子到了，枪械师史密斯牵着一匹野马来到了大草原。他环视了四周满怀期待的牛仔，然后迅速拿掉野马身上的套索。佩科斯·比尔走到野马旁边，突然飞上马背。受惊

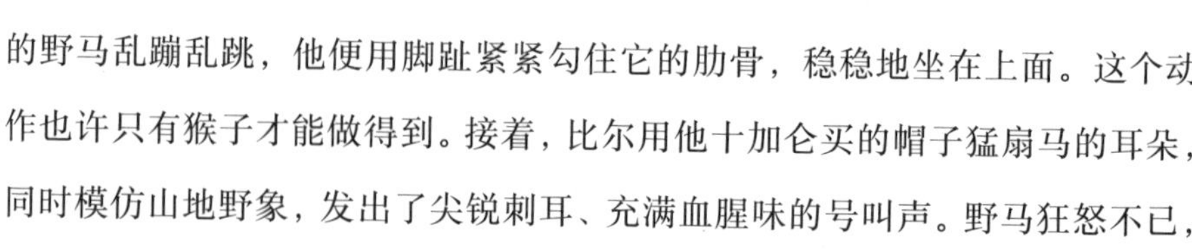

的野马乱蹦乱跳，他便用脚趾紧紧勾住它的肋骨，稳稳地坐在上面。这个动作也许只有猴子才能做得到。接着，比尔用他十加仑买的帽子猛扇马的耳朵，同时模仿山地野象，发出了尖锐刺耳、充满血腥味的号叫声。野马狂怒不已，猛然弓背跃起。

在此以前，从来没有人见过野马弓背跃起。这匹野马之所以做出这样的动作，是因为被比尔惊人的号叫声吓得失去了理智。今天，比尔让它一一展示野马能够表演的所有技能。

“一定有幽灵跑进了这匹野马的身体里。”大牧场主老秃山一跃而起，挥舞着手臂，高声喊道。

“小花马，加油！要是我也能坐上你这把‘摇椅’，那该有多好！我愿意用我十年的工钱来换取一次这样的机会！”每个牛仔都声嘶力竭地喊叫，根本听不见身边的人在说什么。

出乎意料的是，野马并没有像大家期待的那样高高跃起。于是，佩科斯·比尔像个士兵一样，从马背跳向大约一英尺远的地面，然后迅速抓起套索，奔向野马一侧。他又一次纵身跃起，骑在了马背上。

野马又开始乱蹦乱跳。比尔这次更加谨慎，他用脚趾紧紧勾住野马的肋骨，沉着冷静地在马背上用套索表演花绳。又粗又长的套索先是在他头上缓慢起舞，然后围着这匹受惊的野马盘旋飞舞。这根神奇的绳索好像有了灵性，很清楚下一秒该怎么做。

佩科斯·比尔甩着套索，不断加速。恐惧的野马突然高高跃起，从快速旋转的套索圈中跳了出去，就像马戏团的小狗跳铁圈一样。

不一会儿，野马气喘吁吁，佩科斯·比尔从马背上轻盈地跳下来，跑过去取回一个包裹。野马见他又回来了，喷着鼻子，踢着后蹄儿，阻止比尔接

近。但是，比尔轻而易举地再次骑在了它的背上。

枪械师史密斯也骑着野马，来到了佩科斯·比尔身旁。比尔掏出包裹里的鸡蛋，扔向空中。史密斯开枪射击，蛋黄飞溅。他又对着抛出的硬币射击，正中币心。然后，二人同时开枪，史密斯射出的子弹被比尔击碎。

“哇哦！”站在一旁的老秃山连声叫好，“佩科斯·比尔真是个奇迹，他可不是一只狼！”

“尽管你看见了和狼爪子一样的脚指头！”兴奋的大公牛打趣道。

“不管比尔是什么样的人，他都让我们黯然失色。在他面前我们就像刚满周岁的小牛犊！”老秃山继续说。

这时，枪械师史密斯牵来了一匹德克萨斯州红棕色公牛。比尔也骑着恰克的“老辣椒”，站在了这头打着喷嚏的公牛旁边。于是，比尔开始了史上第一次“摔牛”表演。

比尔从飞奔着的“老辣椒”背上，向着同样在飞奔着的公牛飞跳过去。未等跃上牛背，他便双手握住牛角，向一侧使劲。公牛失去平衡，摔倒在地。公牛还未缓过神，比尔便一手抓着牛角，一手抓着牛尾巴，把它死死地按在地上，一动不能动。

“说真的，我没有想到，还能在有生之年看到如此精彩的一幕。佩科斯·比尔太疯狂了！”老秃山倒吸了一口凉气。

“我们也没有想到！”赞叹声不绝于耳。

比尔刚完成摔牛表演，枪械师史密斯又赶来了一头不停吼叫的公牛。比尔再次跃上马背，挥舞套索，扔向疾驰的公牛。公牛很快倒地，比尔把绷紧的绳子缠在马鞍头上，纵身跳向正在地上挣扎的公牛，用皮鞭捆住它的四肢。周围的每个人都知道这是“捆绑”表演，但都是第一次看到。

“加油！”老秃山一边用力鼓掌，一边大声喊道，“佩科斯·比尔，你真是个奇迹。”

佩科斯·比尔和枪械师史密斯的表演结束后，该罗杰斯上场了。他先是让人把一头满周岁的小牛犊捆上，然后双手抓住，高高举过头顶。牛仔们欢呼鼓掌，老秃山大声叫喊：“别说这个牛犊重一千磅，就是再轻，我也不可能把它举起来！”

“看来，我们的牧场又多了个大力士。”大公牛也高兴地叫喊。

接下来，轮到胖子亚当斯表演了，他表演的节目是极速奔跑，逃离自己的影子。他向前几步，走到老秃山面前，伸出手说道：“你该怎么做？”

出于礼貌，老秃山也伸出了手。但是转眼间，胖子亚当斯已经消失得无影无踪。再看见他时，亚当斯已经站在离老秃山十步远的地方了。

“你一定是眼睛花了，”胖子亚当斯对着老秃山喊道，“我在这里站着，根本不在你面前。”

“老秃山看花眼了。”牛仔们哈哈大笑。

“这项运动我也做不到。”老秃山不停地咳嗽。

牛仔们都听说，蚕豆孔会旋转煎饼，大家一致要求他现场表演。于是，蚕豆孔把够做三个煎饼的面糊倒在煎锅里。待面糊成型后，他快速翻转煎锅，煎饼飞向空中十英尺，在空中旋转后，又落到煎锅里。牛仔们连声叫好。

蚕豆孔又把三个煎饼扔向空中三十英尺高，可是这次只有两个落到煎饼锅，另一个不见了。

“那个大煎饼一定是被《小红帽》中的大灰狼吃掉了。”蚕豆孔慌忙向大家解释。

此刻，牛仔们都深信不疑，蚕豆孔是个非常厉害的魔术师，他的技能仅次于佩科斯·比尔。

接下来，蚕豆孔再次把面糊倒入锅中，这次他要煎一个更大的煎饼。他快速旋转煎饼锅，煎饼飞向高空五十英尺，然后落在煎饼锅正中间。煎饼两面发焦变脆后，蚕豆孔又迅速旋转煎饼锅。只见这个大煎饼在空中旋转飞舞，五十英尺、一百英尺、一千英尺，最后消失得无影无踪。牛仔们都屏住呼吸，看得出神。这时，蚕豆孔平静地说：“那个大煎饼，我是给天上的仙女准备的。”

“上帝保佑，”老秃山咯咯地笑着说，“那个大煎饼就像星球一样，一直旋转上升，说不定以后会经常下蜜雨。”

蚕豆孔不负众望，大家为他的精彩表演欢呼喝彩。

“没有音乐的表演是不尽兴的，”比尔大声说，“撒谎大王，把你的口琴拿出来，给大家露一手。牛蛙多伊尔，来一段舞蹈。下面，演奏开始！”

撒谎大王非常高兴，他把两个不同的口琴分别放在上下嘴唇上，同时吹出了两种曲调。牛蛙多伊尔不甘示弱，两条腿分别和着撒谎大王的两个曲调，翩翩起舞。牛仔们又是欢呼，又是呐喊，意犹未尽。

活动结束后，牛仔们兴奋不已，涌向佩科斯·比尔：“没有人能像你这样，发明出这么多好玩的游戏。”

佩科斯·比尔非常谦虚。“我只不过是组织大家一起娱乐罢了，”他微笑着说，“我希望这些节目能够带给大家一点乐趣。以后每年的这个时候，我们都会举行一次表演，我给它取名为‘狂野西部表演’。”

“说得太好了！”牛仔们齐声叫好。

“以后我们就按照计划执行。”比尔继续说道，“每年秋季，在赶拢牛群的时候，大家聚在一起表演节目。项目包括花绳、枪法、摔牛和捆牛。我们将为每个节目设立一、二、三等奖。”

“每一项比赛都将给我们带来无穷的乐趣，不久大家就会为了荣誉而勇夺奖章。在每一项表演赛中，如果你能拿到一等奖，就证明你是最努力的牛仔。”

“太好了！怎么让我们等了这么久才明白这一切？再来九次热烈的鼓掌，送给佩科斯·比尔！”牛仔们齐声欢呼。

佩科斯·比尔意识到，他的一番话深深地打动了牛仔，唤醒了他们内心深处久违的渴望，令他们热血沸腾。

一个月内，生牛皮的价格涨了一倍，子弹供不应求，需要提前好几个星期预定。为了第二年的狂野西部表演赛，牛仔们都把马鞍上的肚带换成了两个。在纽约，他们预定了一百万个加宽加固的马鞍肚带。纽约断货后，往伦敦发电报，又订了一百万个马鞍肚带。从密西西比河到亚特兰大，工厂林立，专门生产口琴、牛皮靴和马鞍。

佩科斯·比尔激发了牛仔们沉睡已久的游戏精神。广袤的大草原上，到处可见他们一起玩耍、唱歌和跳舞。每个人都精心地做着准备，希望在每年举行的狂野西部表演赛上夺得奖章。

一年一度的狂野西部表演赛如火如荼地开展着。牛仔们征服弓背跃起的野马，摔倒德克萨斯长角公牛。为了激励大家，每年还会增加新节目。

历经发生的一切，佩科斯·比尔心中涌荡着幸福的暖流，不再后悔来到牧场。一开始，他追随恰克哥哥来到牧场屋，只不过是为了见证人类的凶残。但是今天，他终于发现，人间处处充满了爱，这份爱完全可以和野狼的爱相媲美。牛仔们在马背上找到了力量、勇气和荣誉，同时也找到了快乐和幸福。

第七章　佩科斯·比尔找到了移动牧场

有件事一直困扰着佩科斯·比尔。月亮亨尼西一直对他不满，在牛仔们中间散播关于他的不良言论。

“这个独裁者来到牧场屋以前，”月亮亨尼西埋怨道，“我们享受着真正的自由，每个人都比他强。但是这个自命不凡的狼崽到来后，我们都被他的套索套住了，处处受制于他，没有一刻停歇。哼！现在我们都是他的奴隶，懦弱无能的奴隶！”

佩科斯·比尔听到这些，默不作声。但是他思考了很多。

“我得找到一个移动牧场。在这个牧场里，每件事情都变得很简单，简单得让月亮亨尼西认为这只不过是小孩子的游戏而已！”

佩科斯·比尔冥思苦想，并没有很大进展。毕竟，找到一个移动牧场不是那么容易的事情。

但是，他最终还是想到了办法。一天，帕洛平托的农场主提姆无意间提到了一座山。佩科斯·比尔对这座山多少也了解一点。这座山名叫平纳克尔峰，伐木巨人保罗·班杨带着伐木工人在山上已经伐木十二年之久。

“这真是一座完美的山峰。”提姆开始了他的讲述，“它的底部圆得像银元，顶部高耸入云一万多英尺。山顶尖得连老鹰站在上面都会失去平衡。山坡上的树木已经被砍伐得差不多了，现在被优质牧草覆盖着。在这座山上，向阳的一面，山脚下终年是夏季，中部是春季，最上面是冬季。”

“我一直认为，能住在平纳克尔峰是个不错的主意，想过哪个季节就过哪个季节。如果想过夏季，就住在山脚下向阳的一面，那里有一望无际的大草原。如果想过冬季，就住在最上面。”

“你说的这座山在哪里？”比尔装出一点也不好奇的样子。

“离这儿有一百五十英里，就是西北那只乌鸦飞的方向。”提姆回答，“我还听说山上有很多奇怪的动物。这座山很圆，所有生活在山上的动物都要沿着圆圈走动。由于重心不平衡，过一段时间，这些动物都变得一条腿长一条腿短。兔子在山上跑来跑去，就像钟表的指针在走动，时间长了，它们便两条腿长，两条腿短。有一种鸟，名叫渡渡鸟。这种鸟不仅腿的长度不一样，就连翅膀也是一边长一边短。渡渡鸟蛋是方形的，因为圆形蛋肯定会滚落下来。任何东西从山上滚落，根本停不下来，直接到达离山一英里远的草原上。”

“你说的这些非常有意思。”佩科斯·比尔平静地说。

“的确有意思。草原土拨鼠的两只前爪一个长一个短，鼻子也是歪的。只有这样，它们才能刨出垂直的洞穴，睡在里面不至于从山上滚下来。还有高山山羊，为了在奔跑的时候保持平衡，长腿那边的羊角轻，短腿那边的羊角重。长耳大野兔的耳朵也是如此，否则，它们跑的时候就会失去重心，从山坡上滚下来。比尔，这座山的情况就是这样。”

“等我抽出来时间，我要像山上的动物那样，跑上去仔细察看。”比尔

按捺不住内心的喜悦。

接下来的日子，佩科斯·比尔一直忙着带领德州山谷的牛仔们工作和游戏，根本抽不出时间。好不容易有空，他便决定去察看平纳克尔峰。他脱掉靴子，夹在胳膊下，卷起套索，放在肩膀上，花了三小时来到了这座山。

他发现平纳克尔峰比提姆描述的更加完美。在山脚下，他尝试用套索套住什么东西。可是这里的东西都像石磨一样圆，什么都套不住。

兴奋的比尔开始察看四周。他顺着山坡弯曲前进，所到之处土壤肥沃，都覆盖着优质牧草。他一直往上爬，终于到了有积雪的地方。阳光投射下来，他看到尖峰在云层之间闪闪发光，就像撒谎大王的口琴一样光亮。

“我还从来没有听说过，更没有见到过如此美妙的山，”比尔自言自语，“如果不是亲眼所见，真不敢相信这座山这么完美。”

他沿着动物们奔跑的相反方向，开始下山，毫不费力地捉到了几只奇怪的动物。他见到了长耳大野兔和渡渡鸟。长耳大野兔一条腿长，一条腿短，而且一边的耳朵要比另一边大二十倍。渡渡鸟蛋是方形的，刚刚孵出来的渡渡鸟就是一条腿长一条腿短。

他见到的最滑稽的动物是歪鼻子草原土拨鼠。看到它们，比尔不禁哈哈大笑。看到山上的这一切，他开始并没有想太多。但是，就在他准备返回时，突然灵机一动：“以前竟然没有想到！”他兴奋地大叫，“这正是我一直苦苦寻找的移动牧场。”

佩科斯·比尔立刻脱掉靴子，夹在胳膊下，像一只飞燕一样朝着牧场的方向飞奔过去。他冲进屋子，对着正在吃早餐的牛仔们大声说道：“兄弟们，我有好消息要宣布，我为大家找到了新牧场。现在的牧场让我们忙得不可开交，只要我们在新牧场安顿下来，就可以不用怎么干活了。我们用不着再熬夜唱歌来安抚牛群；不管春季还是秋季，我们都用不着再赶着牛群去寻找新鲜的牧草；我们甚至用不着再给牛群烙印。这个新牧场是世界上最理想的牧牛地。”

“天哪！”月亮亨尼西对着旁边的兄弟大吼，“他真是疯了！”又对着比尔喊道，“快点忘掉你的胡言乱语吧。”

“这怎么可能！”枪械师史密斯也不相信，对佩科斯·比尔的话嗤之以鼻，“太甜的东西也会让人呕吐。”

“我说的当然都是真的。”佩科斯·比尔表情严肃，“枪械师史密斯，你带着他们，马上赶拢牛群，四十五分钟以后出发。”

“不可能那么快把牛都赶拢在一起，”枪械师史密斯不同意，“至少需要三个小时，有些牛还在很远的牧草地。”

“好吧，我的意思是不要浪费时间。尽快把牛都赶拢在一起，马上出发。”

“是，领队。”枪械师史密斯开始满怀期待。

“我在前面带路，你们看好牛群，往西北方向走。”比尔为了证明他没有愚弄大伙，语调非常认真，“你们最好都把马鞍和包裹都带上，我们很长时间都不会再回来。”

“是，领队！”他们一边收拾东西，一边齐声应答。

“蚕豆孔，别再浪费时间了，赶快把东西都放到恰克的马车上。”

“放心，我干起活来比杰克 · 罗宾逊还要快。”蚕豆孔一边收拾一边回答。他把煎饼锅、碟子、熏猪肉干和玉米面都放到了马车上。

很快，长长的队伍出发了。从早到晚，他们忙着驱赶缓慢前行的牛群。蚕豆孔走在最后面，赶着骡子，拉着马车。

到了晚上，佩科斯 · 比尔用长套索套住牛群，防止它们走丢。它们好像很喜欢这样，都像小猫一样睡得香甜。枪械师史密斯和其他人终于有机会能够美美地睡一觉了。历经一个星期的奔波劳累，他们终于来到了平纳克尔峰。比尔和他的兄弟们平均每天行进二十六英里，这事情若放在其他牛仔身上，一天最多只能走十英里。

刚到山脚下，佩科斯 · 比尔就开始布置任务。“大家快看，这就是平纳克尔峰。这里还有保罗 · 班扬做饭用的棚屋，我们可以先住着。我们要做的第一件事情，就是花些时间让牛群尽快习惯在斜坡上吃草。然后再围着山脚，搭篱笆牛棚。”

“这些事情做完后，我们接下来的活，就是从早到晚围坐在一起侃大山，看看谁最会吹牛皮。如果大家厌倦了这个，那就换个方式，讲些真人真事。”

“但是，谁来看守牛群？”爱挑刺的月亮亨尼西问。

“月亮亨尼西，你还担心这个吗？”比尔笑着说，“在这里，用不着我们操心，这些牛会照顾自己。山上有大块的草地和清澈的冷水泉。它们要是热了，就会到山的另一面，找个阴凉处休息。它们要是冷了，就会去找阳光充足的牧场。山脚下热的话，它们就往上走。上边冷了，它们再回来。反正，这些牛喜欢什么季节，它们就能过什么季节。要是南坡有风暴，它们可以去北坡。”

“这一切都太妙了。”枪械师史密斯突然领会到了佩科斯 · 比尔积极向上的人生态度。

“这就是我说的牛仔们的伊甸园！”比尔笑了。

“说得对，”枪械师史密斯回答，“亚当和夏娃的生活还不如我们的一半舒服。我们要做的工作就是检修篱笆牛棚。我们就在月圆之夜，来一次美妙的短途旅行，看看有没有篱笆桩松动。”

突然，一阵喜悦的歌声传来。撒谎大王正在演奏一首狂野的自由之歌。他一边吹口琴，一边歌唱。

所有人的情绪都空前高涨，立刻投入到工作中。他们不再抱怨，开始称呼自己是“懒惰组织”。

月亮亨尼西总是喜欢预料不幸的事情：“这些牛都笨得要死，要是它们失足滚落下去，别说是我们的篱笆牛棚，就连上帝也救不了它们。它们会一直滚落，到达堪萨斯或者芝加哥。它们这样一路不停地滚，最后身上磨得连一块肉也不剩，只能做汉堡牛排了。”

很快，佩科斯·比尔开始搭建牛棚。一天早上，大家还没有起床，他便来到山脚下，找到歪鼻子的草原土拨鼠。他学着土拨鼠的声音吱吱地连叫十二声，又咕哝着和它们说话。听到声音，这些土拨鼠都从洞里钻出来，扭动着鼻子，认真地听比尔讲话。

“我会踩出一些脚印，然后你们在有脚印的地方刨洞，明白吗？”

草原土拨鼠非常友善，它们扭动着长鼻子，吱吱地回应：“我们都听懂了。”

“很好，小兄弟，”比尔也吱吱地说，“跟我来吧。”

比尔在前面跑，土拨鼠们蹦蹦跳跳地跟着他。“要把

洞刨得又直又深，”比尔一边跑一边说，“我们就从这里开始吧。”

他高高跳起，每隔一段距离，就踩出一个鞋跟印。其中一个土拨鼠停下来，顺着他踩出的洞往下刨。其他的土拨鼠蹦蹦跳跳地往前走，依次排好队，等着刨坑。

等到枪械师史密斯和其他人准备好了早餐，比尔也刨好了洞穴。这些洞围着山脚有几多英尺。快吃完早餐时，比尔平静地告诉了大家他做的一切。

“我已经把准备工作完成了，篱笆牛棚的桩洞都挖好了。”

“你开什么玩笑？”月亮亨尼西大声地问。

“我找了一些草原土拨鼠帮忙，” 佩科斯·比尔说，“我们一共用了四十八分钟。”

吃完早餐，比尔让枪械师史密斯领着大家往每一个洞里打一根木桩。这是一项很简单的工作，伐木巨人保罗·班扬丢弃的一些雪松废料，现在正好派上用场。

第二天上午，比尔找到一些背上长满苔藓的长角老牛，把大块牛皮切成细长皮条，然后教牛仔们如何用皮条把木桩捆绑在一起。皮条脱水晒干后，篱笆像石墙般坚硬。

牛仔们用了四天半的时间给这些洞都打上了木桩。

“我们都以为要花整整一星期的时间才能完成呢。”比尔很高兴，对大家表现出来的工作精神非常满意，

“要不是那些草原土拨鼠帮忙，我们不可能这么快做完。”

“不知道还要花多长时间，”月亮亨尼西疑惑地问，“我们的牛才能磨短其中两条腿来保持平衡，不至于在山上走路时一瘸一拐。”

“时间会告诉你的。”枪械师史密斯简短地回答。

第八章　佩科斯·比尔征服恶魔骑兵

佩科斯·比尔教会了牛仔们如何驯养野牛，以及如何把工作和游戏结合起来。高效率的工作使得牛的数量迅速成倍增长，格兰德山谷开始变得拥挤不堪，牧草也供不应求。

西南部的印第安人并不清楚发生了什么。几个世纪以来，他们习惯了猎捕野牛，现在依然如此。结果，华盛顿政府在这里建立了军事哨所，这个地方成了禁猎区。印第安人要想吃上牛肉，只能从军事哨所购买。因此，牛肉的价格迅速上涨。

这种情形导致盗牛贼的出现。其中有一些是皮革商，他们残忍地猎杀野牛以获取牛皮。巨大利润的诱惑使他们变本加厉，导致野牛的数量越来越少。于是，他们把目光投向了牧场里的牛群。他们开始在远离牧场的地方转悠，寻找正在吃草的优质牛，伺机而动。牛仔发现后，指责他们偷盗。盗牛贼却耍无赖，宣称他们才是牛群的合法主人，并举起强力火枪加以威胁，堂而皇之地把牛群赶往自家的牧场。

在众多盗牛团伙中，最肆无忌惮的是“恶魔骑兵”。他们住在人称“地狱门”的地方，那里是一处绝佳的天然屏障。他们的大牧场位于陡峭的箱形峡谷，四周布满突起的岩石，坚不可摧。

通往峡谷的唯一入口处，有一条蜿蜒曲折的小溪，在陡峭的岩石间潺潺流淌。小溪边，仅仅一个低矮的篱笆牛棚，就可以保护牛群免遭危险。只有一个牛仔曾来过这里，刚进峡谷便被恶魔骑兵射杀。

恶魔骑兵把偷来的牛带到这个隐蔽的箱形峡谷，给它们重新烙上烙印。他们烙的图案是粗线条的大车轮，足以覆盖牧牛身上原有的烙印。

这些胆大包天的无赖偷来的牛都是最上等的，根本不用发愁销售渠道。

很多小镇如雨后春笋般出现在边境线附近，镇上到处都是贸易站点。小镇上的居民发现，牛仔们喜欢寻求刺激。于是，他们建起了酒吧，供应印第安烈酒。牛仔们辛苦劳动几个月后，喜欢来到酒吧痛饮，一晚上就花光大半年的工钱。

在这些边陲小镇中，最富活力的是达拉斯小镇。恶魔骑兵的领队们最喜欢做的事情，就是骑马奔向这个地方。他们来到这里，大口喝下一两瓶威士忌，蹒跚地走在街上，不怀好意地恐吓当地居民。

老撒旦是领队之一，他常常假装醉酒，挥舞着手枪，招摇过市。同时大声歌唱：

在格兰德土地上，我是最凶残、最野蛮的杀手。

我生吃牛皮，咬掉灰熊的耳朵和鼻子。

我住在大峡谷，那里整天枪林弹雨，空气让人窒息。

住在峡谷上面的人最凶残，而我住在最顶端！

我们已经习惯了那里燥热的天气，

如果有兄弟死了，到了地狱还得回来拿毛毯取暖！

接下来，他开始唱小曲：

我是最凶残的人，浑身长满跳蚤，

没有人能让我屈服。

我是一匹来自地狱之门的狼，

雷电交加时降临人间，

开始扫射城镇。啊！

他反复歌唱来恐吓当地居民。对此感到厌倦后，他就和同伙开枪扫射。他们走进商店，抢夺商品；如果店主不服，就欢迎他们到“地狱门”走一趟，一决高下。店主还未开口，他们就已经击碎灯泡，射穿玻璃。小镇的治安人员看到这群恶棍都躲得远远的。恶魔骑兵一路畅通无阻，越来越肆无忌惮。政府只好悬赏捉拿，只要俘获这个团伙，无论死活，均奖赏五百美元。

此时，佩科斯·比尔已经把平纳克尔峰的工作安排妥当，使一切走上了正轨。一直忙碌的他想休息一段时间，便把事务交由经验丰富的枪械师史密斯打理。他脱掉靴子，夹在胳膊下；卷起绳索，扛在肩膀上，向达拉斯小镇飞奔而去。

他到达达拉斯小镇时，恶魔骑兵刚刚把这里洗劫一空，镇上无辜的居民吓得像被套上套索的野马，敢怒不敢言。他昂首挺胸，径直走进商店，马刺叮当作响。店主听到响声，换包烟草继续抽烟，手里捻弄着生牛皮背带。他用余光瞥了一眼佩科斯·比尔，心中默默祈祷，但愿他不是来自“地狱门”。

佩科斯·比尔一直微笑着倾听商店里的人谈论亡命之徒的故事，他听完之后，冷冷地问店主：“你说的这个‘地狱门’在哪里？”

“根本没有人知道。”店主不安地回答，“但是大家都知道，它位于红河北福克的威奇托山。”

“最近的路在哪里？”

“你的意思是，你要去那里吗？”店主有点不相信，反复地追问，确信他神志清醒，“你为什么要问这些？”

“我很乐意去会会这些亡命之徒。”

“你也是个逃犯吗？”店主倍感震惊，“你是不是想寻找无痛方法来结束自己的生命？”

“你误会我了，”比尔平静地回答，“我就是一个普通的牛仔。”

“你是一匹奇怪的印第安小马。”店主说完，吐掉了口中一大块烟草。

比尔继续追问，终于摸清了去箱形峡谷的捷径。他觉得如果赤脚跑到那里，容易引起亡命之徒的猜疑，于是借来了小镇上最好的马和马鞍。

“骑马去峡谷真是不爽，”他自言自语，其实马跑的速度已经够快的了，“这速度太慢了，如果我脱掉靴子，独自穿越大草原，早就到达‘地狱门’了。”

比尔一路上快马加鞭，第二天正午就来到了威奇托山脚下，直觉告诉他峡谷就在前面。突然，麻烦来了。

一条巨大的响尾蛇盘成一盘，昂着头立在路中间。这条响尾蛇跟人的大腿一样粗，足足有十二英尺长，正嘶嘶地吐着舌头。佩科斯·比尔刚一经过，它就在马腿上狠狠地咬了一口。马立刻倒向一边，掉进了土拨鼠的洞里，摔断了前蹄。佩科斯·比尔马上跳下来，掏出手枪，结束了它的生命，使其免遭痛苦。

比尔一手拿着马鞍，一手拿着缰绳，想继续赶路。但是，这条巨大的响尾蛇挡住了他的去路。

“你想干什么？”比尔嘶嘶地吐着舌头，质问响尾蛇。

“如果没有弄错的话，你就是那只狼崽。你知道我是谁吗？我在这里等着，就是为了报复你！”响尾蛇快速地吐着闪闪发光的舌头。

“你的目的已经达到了。”比尔嘶嘶地说，“我还有很着急的事情要做！快点滚开，不然我把你的头拧下来。”

响尾蛇不但没有离开，反而离比尔更近了，来回摇着头，舌头伸得更长，对他说：“不要再骗我了！听很多人说你是个奇迹，可我一点也不相信。我非常清楚你的来历，那些野狼对你那么溺爱，你早就丧失了本能。今天我要让你看看谁才是真正的王者！”

“是这样吗？”比尔发出长长的嘶嘶声，话语间充满了火药味，“那么，来吧，看看你到底多么自负。我给你三次机会，如果咬不到我，马上滚开，否则我对你不客气！”

“对我不客气！呸！”响尾蛇尖刻地反驳道，“还是把你的故事讲给那些豪猪听吧！这些年我生活得很好，我可不是被你这个愚蠢的狼崽吓大的！”

比尔扔掉手中的马鞍和缰绳，准备和响尾蛇开战。响尾蛇用尽全力扑向比尔，又闪电般缩回来。比尔快速躲开进攻，用马刺猛击过去。被击中的响尾蛇立刻暴怒，拼命进攻。比尔用他锯齿状的靴跟极力反击。

“够了吗？”比尔发出了略带讽刺的嘶嘶声。

这番话让响尾蛇更加恼怒。它怒目而视，再次发起了进攻。

比尔意识到机会来了，一个箭步上前，死死地卡住了响尾蛇的脖子。响尾蛇仍不肯罢休，用粗壮的尾巴不停地抽打。而比尔一直微笑着摇晃它的头。

“好了，好了！”比尔漫不经心地说，“这次够了吗？”

响尾蛇终于放弃了，放下尾巴，强作微笑，讨好比尔。

“佩科斯·比尔，手下留情，”响尾蛇嘶嘶地说，“我很爱惜自己的生命。我就是一条自负又可怜的傻蛇，我不该冒犯你，早就应该清楚自己几斤几两。我听说过很多关于你的故事，都说你非常优秀，今天我完全相信了。要是你能放过我，我愿一辈子做你忠诚的奴仆。”

“这话说得还差不多。”佩科斯·比尔说，“抬起头看着我的眼睛。对，就是这样。你敢不敢发誓，一切都听我指挥？”

响尾蛇立刻响应，郑重发誓无条件服从比尔。

“很好。”佩科斯·比尔做出了决定，“我也向你保证，如果按照我说的去做，你就是我最好的朋友。只要你听话，谁也别想伤害你；但是，要是让我看到你不安分，我可不会再手下留情了！”

“同意。”响尾蛇卑微地表示服从一切。

“很好，听着，”佩科斯·比尔说，“盘成两圈，到我胳膊上来。头朝前尾巴在后，我赶路时，你就是我的第二双眼睛。”

响尾蛇立刻按照比尔说的去做，盘成两圈，跳上他的胳膊。比尔再次手持马鞍和缰绳，赤脚奔向“地狱门”。

一个小时后，比尔来到了小河边。他看到清澈的河水，非常高兴，沿着

狭窄的河岸欢快地跳跃。到达悬崖峭壁的花岗岩下面时，响尾蛇突然嘶嘶地说："狮熊兽！狮熊兽跳下来了！"

佩科斯·比尔正要躲避，狮熊兽挡在了他的面前，离他不到十英尺。这头狮熊兽有野马的两倍大，长得既像狮子又像大灰熊。

"狮熊兽先生，下午好啊！"佩科斯·比尔咆哮着和它交流。

"下午好！"狮熊兽回答，"我是从悬崖上滑下来的，但愿没有吓到你。要是那样的话，我很抱歉。"

"我向你保证，你一点也没有吓到我。"他一边沉着地回答，一边让响尾蛇下来。响尾蛇马上跳到马鞍和缰绳旁边，盘绕起来等着看热闹。

"顺便说一句，"狮熊兽笑着说，话语间好像见到了老朋友，"佩科斯·比尔，我听说过很多关于你的故事。"

"你的故事我也听说不少。"比尔笑着说。

"到底是谁一直在背后议论我？"狮熊兽突然呵斥道，顷刻间坏脾气暴露无疑。

"你的邻居们。灰熊、豪猪、臭鼬、野狼和牛仔都给我讲过很多。"

"你纯粹在取笑我。"狮熊兽发出了令人厌恶的咆哮声，"难道那些老猎人没告诉你吗？如果谁冒犯我，最好自求多福。"狮熊兽舔了舔肚子上的肋骨，摆出一副傲慢的样子。

"早就有人告诉过我。"佩科斯·比尔一边回答，一边沉着地扣上外套，"但是狮熊兽先生，别忘了，我不是老猎人，更没有冒犯你。"

"是这样吗？"狮熊兽咆哮道。话音未落，它便凶神恶煞般扑向比尔。比尔早有防范，纵身一跃，从它身上跳了过去。凶狠的狮熊兽惊讶之余，什么都没有抓到。

狮熊兽被彻底激怒了，发出了充满血腥味的尖叫声。佩科斯·比尔不甘示弱，也发出了同样可怕的咆哮声。双方展开了激战，打得不可开交。即便是火眼金睛的响尾蛇也跟不上他们的节奏。狮熊兽频频进攻，佩科斯·比尔巧妙躲避。一再失手的狮熊兽腾空而起，向对方猛压过去。比尔趁机扯烂它肚子上一块皮毛，撒向它的双眼。

狮熊兽双眼充血，晕头转向，咆哮着，跳跃着，四处乱扑。佩科斯·比尔始终头脑冷静，一有机会便撕扯它身上的皮毛。狂怒的狮熊兽仰天长啸，皮毛被吹向空中。两三个小时后，天空布满皮毛，一片灰暗，“地狱门”的恶魔骑兵都以为是日食现象。

狮熊兽终于败下阵来。它晃掉眼睛里的毛，颤抖着坐下来。待它缓过气来，礼貌地说：“比尔，你何必这么认真？就不能开个玩笑吗？”

“我一点儿也不认真，”比尔温和地回答，“我很久没有这么过瘾了。”事实上，佩科斯·比尔光着膀子，浑身是爪印，马裤也被撕成了碎片。但是他毫不在意。

“很好。”狮熊兽假装谦恭有礼，“那么我祝你好运，一路顺风。”

“你这个违心的家伙！”佩科斯·比尔咆哮着，突然猛扇狮熊兽的口鼻，随即后退几步，手握枪柄。

“兄弟，你本来就不应该找佩科斯·比尔的麻烦。”响尾蛇嘶嘶叫着。

“狮熊兽先生，你一直以来耀武扬威，目中无人，”比尔说，“现在我要改改你的坏毛病，一切按照我说的去做。我正急着去‘地狱门’会会那些恶魔骑兵。你跳过来，让我用马鞍和缰绳把你套上，然后当我的坐骑。如果你有任何非分之想，我就一枪崩了你。”

“就按你说的做吧，”狮熊兽垂头丧气，“愿赌服输。”

佩科斯·比尔随即跳到狮熊兽背上，用响尾蛇的尾巴使劲抽打它的屁股。狮熊兽一跃而起，飞速前进。他们轻易地越过了途中湍急的河流，跳过了“地狱门”前的篱笆墙。

此时，皮毛已逐渐飘落下来，天空重现光明。恶魔骑兵蹲在一起，懒散地玩弄着鲍伊刀，自诩是天底下最可怕的恶魔，嘲笑着达拉斯小镇的居民：“在达拉斯小镇，我们只要轻轻一挥鸡毛掸子，就能把那里的人全打趴下！”

在这群人中，老撒旦的声音最响亮。他吹嘘能生吃牛皮，活捉响尾蛇，很小的时候就能打败短嘴鳄和大灰熊。说到尽兴处，他便哼唱起小曲：“我是最凶残的人，浑身长满跳蚤。没有人能让我屈服……”

佩科斯·比尔勒紧缰绳，憔悴的狮熊兽顺着岩石滑下来，坚硬的岩石上留下了一连串爪印。

他们一直滑到恶魔骑兵所在之处。佩科斯·比尔从狮熊兽身上跳起来，一手握枪，一手高举响尾蛇，身上的马刺叮当作响，面不改色地站到了恶魔骑兵面前。

这一幕让恶魔骑兵大为震惊，他们从来没有见过这阵势，都呆呆地站在那里，盯着佩科斯·比尔。

佩科斯·比尔毫不畏惧，声音坚定：“我是过来拜访你们领队的！”

一分钟过去了，没人敢应答。五分钟过去了，他们还像冰冻雕像一样竖在那里，吓得魂不附体。有两三个人太过紧张，摔倒在地，像木头一样仰躺着。空气寂静得让人窒息。过了很长时间，老撒旦僵硬地站了起来。他身高五英尺多，随身佩戴六把手枪和十把鲍伊刀。他扭动着胡子，牙齿打颤：“佩科斯·比尔，我非常清楚你的一切，你是这个世界上我最崇拜的人。这是我的枪，还有我最喜欢的鲍伊刀，我把它们都交给你。从此以后，你就是领队，恶魔骑兵的新领队！”

老撒旦说话的时候，其他的骑士松了一口气，都在那里窃窃私语：“佩科斯·比尔一定是个骑士！看看他和狮熊兽身上的伤痕，得多少仙人掌才能把他们扎成那样！”

第三部分

佩科斯·比尔在西南部游历

第九章 佩科斯·比尔驯服飞马

佩科斯·比尔很快发现，老撒旦、加百利和其他恶魔骑兵只不过是一群纸老虎。幸运的是，他们找到了“地狱门”这个天然屏障。他们整天无所事事，到处溜达。长期的不劳而获和吹牛皮，使他们对自己编织的谎言信以为真，都以为自己是这个世界上最可怕的骑兵，就连地狱里的恶魔见到他们也会被吓得举手投降。

佩科斯·比尔看了一眼山谷里的牛群，果然品种优良，质量上乘。恶魔骑兵屡屡偷盗成功，这些骏马功不可没。

他由衷地赞扬了这些马。

“这些马在牧场里都是最好的，”老撒旦捻着胡子，又开始吹嘘，“凡是我们看上的马，没有弄不到手的。要么马的主人送过来，要么我们自己搞到手，看情况吧。”

“有点意思。”佩科斯·比尔礼貌地说。

“在这个世界上，只有一匹马，我们一直没有得手。”老撒旦继续说道，“这匹马名叫‘白色飞马’，从加拿大到墨西哥无人不晓。两年前的5月21号，我们正骑马经过粉河盆地，这匹马突然跑了过来。它高傲挺拔，身后跟着一大群母马。”

“这匹马的头和尾巴有天那么高，喷响鼻子时，鼻孔能冒出火花来，仿佛在说：‘你们这帮人，个个觉得自己是骑士，如果真是这样，过来试试看！’

“我们可咽不下这口气，于是决定擒获它。它一声嘶叫，所有的母马便尾随其后。我们追了数英里，就连最慢的母马都甩我们很远，而‘白色飞马’还没有使尽全力奔跑。那次的经历实在太刺激了！

“我们的马气喘吁吁，筋疲力尽，不得不停下来休息。我们发誓，如果此生只剩一件事情可做，那就是一定要驯服这匹飞马。

“我们一回到这里，就开始想办法，看如何才能把这匹飞马搞到手。我们休整了一个星期，恢复体力后再次出发。每个人挑了六匹上等好马，每一匹在西南边疆都是一流的。我们认真研究地形，把每条路的走向都摸得一清二楚。

“在每个关键路口，设一个人守卫，准备轮番上阵。也就是说，像接力赛一样，每人追赶几个小时，然后下一个路口的人继续追赶。要是我们坚持数天，不信搞不到这匹马。我认为我们的计划真是不错。

“接力赛的第一天，飞马来到了我把关的路口，不停地喷响着鼻子。这时，第一棒打响了。我快马加鞭，快速追赶，每隔十五分钟更换一匹马。那速度快得真是迅雷不及掩耳。

“三个小时后，轮到金德姆追赶。他的速度和我一样快，很快接力棒就传到了加百利手中。

“我们日以继夜，不停地追赶。两三天后，我们的马就不行了，全都倒在路边，躺在那里就像残废的长耳大野兔。但是我们顾不上这些，继续和飞马赛跑，就这样坚持了整整一个星期。

“‘白色飞马’每天都发出一两次长声嘶叫，我们也时不时地瞥它两眼，它竟然一直都精力充沛。

“令人遗憾的是，跑到最后，我们被山坡上滚下来的岩石击垮了。一些牛仔的腿被砸断了，疼痛难忍。长痛不如短痛，我们不得不开枪杀死他们。其余的大部分人也都瘸着腿，没什么用了。

“我们对这匹飞马真的是无可奈何了。回到‘地狱门’休息好之后，我们开始讨论问题到底出在哪里。显而易见，这不是一匹普通的马，只有注入了人血的马，才能像它那样跑。牧场里的马即便竭尽全力，也做不到如此轻松自如。它们最多坚持三天，否则必定跑断腿。

“这家伙就像故事书中出现的飞马，一定是长了翅膀。我们的马累得气喘吁吁，而它却不知疲倦。”

佩科斯·比尔聚精会神地听完了老撒旦的故事，无法平静，他开口问道：“这儿离粉河有多远？”

“大概三百英里。”老撒旦一边计算，一边缓慢回答。

“如果你同意，我马上把恶魔骑兵的管理权再交到你手中。我要马上赶路，去寻求点刺激，明白吗？”他说话时假装不在意，“我带上马鞍和缰绳走一趟，看看能不能捕获那匹长了魔法翼的飞马。”

老撒旦强烈要求佩科斯·比尔骑上他最钟爱的“秃鹰”。而比尔轻声回答：“我不是不喜欢你的马，但是赶路时，我更喜欢赤脚奔跑。”

老撒旦很不高兴。佩科斯·比尔顾不上这些，他脱掉靴子，夹在胳膊下，把马鞍、缰绳和套索背在肩上，飞奔而去，速度之快令人难以置信。看到这些，老撒旦的情绪好多了。

“佩科斯·比尔到底是怎样的一个人？连狮熊兽都听他吩咐。他跑得比

骏马快多了！” 佩科斯 · 比尔跑出视线后，恶魔骑兵们都在那里惊呼。

佩科斯 · 比尔一到粉河，就高声嘶叫。不一会儿，远处也传来了带着挑衅意味的马叫声。佩科斯 · 比尔不禁打个冷战，也发出了同样的叫声。

几分钟后，一匹白色骏马飞奔而来。它身披野草，气质高雅，绝不是等闲之辈。佩科斯 · 比尔屏住呼吸，仔细观察。正如老撒旦形容的那样，这匹马跑起来四脚离地，身轻如燕；高昂着头，朝气蓬勃；尾巴扬起，强壮有力。佩科斯 · 比尔被它深深地吸引了。

佩科斯 · 比尔再次利用野狼教给他的隐身技能藏起来。待飞马走近时，他马上站起来与它交流。

但是，飞马毫不领情，认为比尔在捉弄它，一边跺蹄一边喷响鼻子，厌恶地看着比尔，然后回转身，朝牧草的方向跑去。

佩科斯 · 比尔闪电般扔出套索，正中飞马的脖子。套索越勒越紧，飞马被迫转身，竟然直立起来，用抬起的前腿弄断了套索，然后摇晃几下，快速离去。

征服的欲望第一次在佩科斯 · 比尔心中燃起。在此之前，他从来没想过要把好东西占为己有。但是今天，他要定了这匹耀眼的白色飞马。

佩科斯 · 比尔迅速扔掉套索、靴子和马鞍，以飞一般的速度追赶过去。飞马喷响着鼻子，分明是在嘲笑比尔，“你真是个傻瓜，第一次有人想徒手抓我。依我看，你真的是快疯掉了”。

佩科斯 · 比尔顾不上与它交流，加快步伐，直逼得飞马跑得几乎全身僵硬。飞马觉得这还是它生平第一次被逼加速，不由得对佩科斯 · 比尔心生敬佩之情。

接下来，他们展开了一场有史以来最精彩的长跑比赛。整整三天四夜，

双方昼夜不停，你追我赶，不分高下。他们蹚过湍急的河流，跨越高低不平的沟壑，飞过布满荆棘的灌木丛，穿过湿冷的谷地和连绵起伏的草原，游过明亮如镜的湖水，爬过陡峭险峻的岩石。飞马发疯似的飞奔，一心想要甩掉这个孤注一掷的追随者。然而，佩科斯·比尔就像影子一样，紧追不放。

这场比赛终于落下帷幕，赛程相当于环绕德克萨斯州三圈。他们跨越埃斯塔卡多大草原，触摸科罗拉多州的至高点，然后进入加拿大，跳过密苏里河和阿肯色河，最后回到了出发点——粉河。

第四天上午，佩科斯·比尔想到了一个好主意。小路左边是高耸的石灰岩，他准备跳到上面，假装放弃追赶，以此迷惑飞马。一旦飞马放慢速度，他就跳上马背。

比尔盘算好以后，马上把计划付诸行动。只见他纵身而起，跳上悬崖，猛跑几步，从一百英尺高的空中飞驰而下。

但还没等他碰到马背，飞马突然跳起来，背部高高弓起。佩科斯·比尔被弹回高空三百多英尺。幸亏他抓住了锯齿状岩石，否则，这场灾难足以将他毁灭。几分钟过去了，他仍然眼冒金星。

佩科斯·比尔很快调整过来，征服的欲望比以往任何时候燃烧得都更强烈。而此时飞马轻盈地跳了下去，好像什么事情都没有发生一样。他看到飞马离开，马上跳上悬崖，意志坚定地再次奔跑在小径上，同时发出了长长的嘶鸣声，挑衅飞马。

飞马终于无法忍受，自言自语：“我为什么要逃避这个家伙？我比他强壮一百倍。我不会再倒退一步，我要回去和他一较高下！我要教给他做人应有的礼貌！”

飞马打定主意，勇敢地沿着小径返回，侥幸避过道路两旁的悬崖峭壁。

它一刻也等不及了，希望佩科斯·比尔马上就能到达面前。它站在那里，每寸肌肉都紧张起来，为接下来的战斗做好了准备。

“你好，飞马先生。”比尔停下来，用马语温和地问候。

“不要再叫我飞马先生！”飞马勃然大怒，“你为自己祈祷了吗？”

“我每天早上和晚上都会祈祷，只不过这几天都在忙于追赶你，祈祷的时间短了些。”比尔笑着回答，面无惧色。

愤怒的飞马突然向毫无防备的佩科斯·比尔发起了攻击。比尔娴熟地纵身一跃，骑在了它的背上。惊魂未定的飞马还未缓过神，佩科斯·比尔就已经紧紧抓住鬃毛，脚趾用力勾住它的肋骨。

随后，佩科斯·比尔和飞马在力量和智慧上展开了较量。

飞马试图摆脱佩科斯·比尔，竭尽全力飞奔，用二十四秒跑了一英里。毫无疑问，这一速度又刷新了世界纪录。这招失败后，它开始狂跳。第一次的高度是半英里，第二次的高度是四分之三英里。而马背上的比尔，一会儿被甩到前面，一会儿又被甩到后面。但无论怎样，比尔都紧紧抓住鬃毛，用尽全力勾住它的肋骨。

很快，历史上最伟大的弓背跃起表演开始了，精彩程度远胜那个时代的

所有著名牧马：长脚汤姆、天使、褐色眼睛、斯派克、红翼、摇摆小精灵、飞魔。为了摆脱比尔，飞马做出了各种高难度动作。对佩科斯·比尔而言，这的确是一次厄运，他唯一能做的就是牢牢抓住它。

一系列动作并没有把佩科斯·比尔甩下去，飞马又在树上和岩石上来回磨蹭。比尔不得不忍受这最残酷的惩罚。如果飞马一开始就知道他忍受不了这样的动作，早就摆脱他了。只可惜现在它已经很疲惫，使不出太大力气了。比尔即使不用脚趾勾住肋骨，也能稳坐马背。

飞马的动作敏捷迅速，比尔两条腿交替摆动，牧豆树和岩石几乎把他碾碎。狂怒的飞马停下时，比尔的衣服已经被刮得破烂不堪，身上伤痕累累，鲜血直流。

飞马又想到了一个主意，不免自言自语："我可以背朝地面倒下，压死他。"没想到飞马的这一动作却害了自己。比尔迅速跑到它胸前，双脚死死地扣住它的脸颊。它越是挣扎，比尔扣得越是牢固。

"好了，飞马，"比尔用马语低吟，"我们两个还是不能成为朋友吗？我们这样耗下去，谁都占不了上风。"

对飞马来说，比尔的这句话像甜美的歌曲一样打动它。但是对它来说，这句话又太出乎意料。它顾不得多想，继续挣扎，却始终摆脱不了比尔。

佩科斯·比尔固定好姿势，轻轻抚摸飞马的脖子，用马语唱了一首友谊之歌。过了一会儿，飞马问道："我能相信你吗？我怎么知道，你会不会奴役折磨我？……我和你一样崇尚自由。我习惯了主宰自己的命运，我宁愿去死也不愿意成为任何人的奴隶！"

"飞马，听我说，"比尔表情严肃，"我们是为彼此而生的。你是世界上最优秀的马，而我也是一个特立独行的人。听着，我们一起去建造西南边疆最大的牧场。你的名声将世代流传，所有的牛仔都会知道你的大名。”

“但是我不相信你！你是个让人厌恶的残忍的人！”飞马一直重复，最后无助地躺在那里。

“我不是你想的那样，我是一匹高贵的狼。如果你继续原来的生活，”佩科斯·比尔继续说，“你将一直默默无闻。自由意味着安逸的生活，但同时也会将你毁灭。你要记住，这个世界上没有任何人拥有绝对的自由，适当的约束是负责任的表现！”

“你不要以为我是傻子，这些我懂。”飞马连声抱怨。

“飞马，我向你保证，”佩科斯·比尔接着说，态度极其诚恳，“如果你对我忠诚，我也对你忠诚。要是我俩一起努力，很快整个世界都是我们的了！”

佩科斯·比尔一边说一边放开飞马。飞马跳起来，用力摇晃，然后静静地待在那里，犹豫不决。

“飞马，决定权在你手里，”佩科斯·比尔说，“我不会利用你，更不会剥夺你的自由，因为我也是一个崇尚自由的人。现在不就是最好的证明吗？”

听了这番话，高傲的飞马全身颤抖，它在努力地做出决定。终于，飞马慢慢地走近比尔，亲吻着他的脸颊，低声说：“我决定和你一起走，无论到哪里，我都跟着你。”

第十章 老撒旦被飞马甩到了派克峰山顶

佩科斯·比尔和飞马结识了彼此，牧业的未来得到了保障，伟大的计划正在酝酿之中。

第二天中午，佩科斯·比尔和飞马踏上了旅程。比尔一路领先，飞马紧随其后。它们穿越了亚利桑那州和新墨西哥，最后来到了粉河。在这里比尔找到了他丢下的马鞍和套索。

他要给飞马套上马鞍，高傲的飞马不乐意。比尔便一直安慰它："你要是戴累了，只管弓背跃起。马鞍就会被弹飞，肚带也会断成碎片。"

在佩科斯·比尔的努力劝说下，飞马终于同意了。但是当比尔要给它戴马嚼子的时候，它坚决反对。

"这样吧，"他未能说服飞马，只好改变策略，"我们就用缰绳做个马笼头，不放在你的嘴上，只放到你的鼻子上。指挥你的时候，我只需要夹紧膝盖，并用缰绳轻触你的脖子，这样对咱俩来说都很方便。"

飞马点头同意，乖乖地让佩科斯·比尔给它戴上了笼头。

佩科斯·比尔一直沉浸在征服飞马的喜悦

中，竟没有注意到身上的衣服全破了。他发现自己又恢复了野狼“贝尔”的模样，而且全身伤痕累累。但是他毫不在意，依然闪电般飞奔。这一切都源于他征服了飞马。

可在这个时候，佩科斯·比尔突然注意到套索断了，这倒是一件麻烦事。

“我不能就这样回到‘地狱门’，”他向飞马吐露心声，“我得把套索修好，再找身衣服穿上。人不穿衣服是很不礼貌的。”

他一时找不到解决问题的办法。就在这时，他看见一只背上长满苔藓的长角老牛正在远处吃草。他示意飞马停下，把套索重新打个环，准备套捕这头老牛。正在吃草的老牛还未意识到危险，就已经被套索套住了。

佩科斯·比尔用绿色的牛皮修补好了套索。为了体面地回到“地狱门”，他用剩下的绿牛皮，给自己设计了一条简单的马裤。没料到，这套马裤日后竟然流行了起来。不仅穿着舒服，而且还能遮风挡雨，又能防止被仙人掌刺到。比尔把这套衣服推广后，几乎所有的牛仔都穿上了牛皮马裤，简称“皮裤”。

佩科斯·比尔修好了套索，穿上了衣服，和飞马再次踏上旅途，狂奔之下，空气被划出了一条长长的金丝带。不知不觉中，他们已经跃过低矮的篱笆牛棚，冲到了“地狱门”顶峰。

此时，恶魔骑兵正蹲在那里下赌注，猜测比尔能否成功降服飞马。他们的答案全是否定，一致认为这个世界上根本没有人能够做到。

比尔从飞马背上轻快地跳下来，肩上扛着套索，大声喊道：“嗨，兄弟们，我回来了！”

恶魔骑兵见他把飞马带回来了，全都瞪大双眼，眼珠子几乎能用套索套出来。“你们都不相信是吗？我是佩科斯·比尔，这是飞马。我俩是最

帅搭档。”

“你的裤子真特别！”其中六个人高声叫喊。

“比德尔，把刚才打赌的十块钱给我！”老撒旦命令道。

老撒旦蹲在那里，盯着飞马，看得入迷，再也顾不得打赌的事。这是他见过的最帅气的一匹马，真不敢相信眼前的一切都是真的。他迅速站起，抖动着胡子说：“我要骑你的这匹印第安小马。”

“天气不错啊，”佩科斯·比尔温和地岔开话题，“估计接下来的几天，天气也会很不错！”

“我说我要骑你的野马！”老撒旦重申了要求，径直走向飞马。

“今天天气不错啊。” 佩科斯·比尔仍然温和地说。

“你能满足我这卑微的请求吗？”老撒旦还不死心。

“你得先让我看看你的‘人身保险文书’，”比尔笑着说，言语中夹带着讽刺的幽默，“这样我才能满足你的请求。”

“我先给你二十美元。如果我骑上它觉得还不错，我给你二十五美元！”

“飞马现在还不太适应，”比尔平静地回答，“眼下我不允许任何人冒犯它！”

“冒犯？”老撒旦大发雷霆，“你难道不知道我的骑马技术是一流的吗？”

未等比尔开口，老撒旦便跃上马背，用马刺残忍地勾住飞马的肋骨。

接下来发生的事情太突然，以至于事后没有人能清晰描述事情的经过。伴随着一声强烈的喷鼻声，飞马闪电般弓背跃起。只见一个人骑着马鞍，刹那间被甩向高空。惊讶万分的恶魔骑兵唯一能看到的是，空中一片蓝天瞬间被模糊的黑尘遮盖，而飞马仍待在原地。

过了一会儿，佩科斯·比尔和恶魔骑兵终于辨认出，那个原骑在马鞍上的老撒旦，现在正高坐在派克峰顶端的岩石上。

“他坐在那里，就像只落败的铁公鸡，舒舒服服地充当着风向标。”桑达·比德尔微笑着评价。

“不管是谁，只要能踏上派克峰山顶，他就一定是个骑士！老撒旦将一直保持着这个世界纪录！”高贵的高里克大笑不已。

“派克峰顶端的那个牛仔可不叫飞马，”内华达说，“我们叫他‘寡妇制造者’。”

“同意，”高贵的高里克伺机插话，“跳高运动员露露也没有他跳得精彩。比尔，就给他起名叫‘寡妇制造者’吧。”

“这个名字好，”沙迪说，“从此以后，我们就这样叫他！”

“我不反对这个称呼。”佩科斯·比尔也同意。他转身走向飞马，用马语和它交流了一会儿。几分钟后，飞马似乎理解了，高兴地嘶叫着。“既然飞马也同意了，我就给他命名为‘寡妇制造者’。”

这时，大家意识到还有更重要的事情要做，他们开始想办法让老撒旦脱离窘境。“目前的问题是，”沙迪表情非常严肃，“到底怎样把他从上面弄下来？”

“白痴！”高贵的高里克大声说，“你知不知道，派克峰可不是一英寸那么高，而是两万英尺！”

“最好先想想办法，看怎么把月亮、昴宿星和北斗星给弄下来。”内华达打趣道，“老撒旦正待在遥远的星空下，每天亲吻着星星，忙着给月亮让路。”

“大家稍安勿躁，让我来想想办法。”佩科斯·比尔说着，拿出了他的长套索。

他举起套索，向“寡妇制造者”所在的方向走近几步，轻轻抚摸着套索，然后系了个小圆环，手腕和前臂突然加速，疯狂地把套索甩了出去。速度之快令恶魔骑兵搞不懂到底发生了什么。几分钟后，佩科斯·比尔感觉有东西被套住了，便用力往回拉。只见，迷迷糊糊的老撒旦飞回来了。

随之而来的是一声巨响。最后，老撒旦落在了一块花岗岩上。恶魔骑兵悲痛地扶起了老撒旦。

老撒旦一动不动，像一滩鸡蛋躺在宽松的衣服里面。起初，大家都以为他死了；但仔细倾听，能听到他的心脏还在跳动。于是，大家小心翼翼地把他抬到了屋里的小床上。

昏迷了三个星期后，老撒旦从床上坐了起来，睁开双眼，询问自己到底在哪里。佩科斯·比尔把发生的一切告诉他，老撒旦听了，悲伤地微笑着。

“听着很搞笑。”老撒旦软弱无力地说，“刚开始我还以为我正骑着飞马驰骋呢，谁知我飞向了高空，过了很久来到了天国之门，半掩着的门来回摆动。我正准备进去，就感觉被拉了回来，接下来发生的事情我就不知道了。”

六个星期过去了，老撒旦的骨骼已经恢复好了，他到处走动，忙着吹嘘这次经历。又过了两星期，他已经完全康复了。

佩科斯·比尔看着这些粗暴的恶魔骑兵，突然灵机一动：这些牛仔正好可以为规划中的新牧场出力。

“但是这些牛仔已经习惯了高谈阔论，”比尔自言自语，“恐怕我的话他们不一定会听。要说服他们跟我走，可不是一件容易的事情。但我得试试看。”

第二天，恶魔骑兵又围坐在那里，吹嘘自己比老撒旦还要粗暴。这时，比尔开始动员：“夸夸其谈的先生们，我要离开这里了。我认为，在很多方面‘地狱门’是个不错的地方，但是它不能给大家提供施展才华的空间。在这里，你们没有机会将才华付诸劳动，更谈不上创造伟大的事业。你们为了寻求刺激，往往会去达拉斯小镇或者骑马穿越大草原寻找牛群。在这个峡谷，你们整天除了围坐在这里说大话，还能做些什么？”

“比尔，别忘了你在和谁说话。”老撒旦不客气地提醒。

“请不要误会我的意思，”比尔继续说道，“我想表达的意思是，我和飞马不能被围困在如此狭小的‘地狱门’，我们要到一个宽敞的地方，去寻找优质的牧草地和上百个肥沃的河谷。那些地方还没有被利用起来，因为没人有这个勇气。那么你们呢？你们难道不觉得这里太拥挤了吗？到处都是野牛和羚羊。”

“是的，的确是拥挤。我们也常常回忆过去的美好时光，”老撒旦若有所思地说，“但是你说的能解决问题吗？我看没有什么不同。”

“我的建议是，”比尔接着说，“我们把上百万的野牛驯服，卖给英国人，他们特别需要我们的牛肉。欧洲其他国家也非常喜欢我们的牛肉。那么，谁来为他们提供？当然是我们！我们要办一个规模庞大的牧牛场，将生意做大做强，史无前例。”

“天哪，”高贵的高里克轻蔑地笑着说，“比尔，虽说你能驯服飞马，但是想把牛肉卖到英国可不是那么容易的事情。”

“我们的大牧场一旦运作起来，”比尔情绪很高，继续说道，“牧草地将扩大到新墨西哥，到时候会有数不清的小牛犊出生，这个小峡谷根本容纳不下。就连佩科斯河谷也将容不下最小的牛群，我们还得把牛群赶到阿肯色河谷。密苏里河谷也会到处是牛群。到那个时候，整个加拿大都难以容下我们的牛群！”

“英国？你刚才说的是英国吗？对，我们不仅要把牛肉卖到英国，还要销往德国、法国和意大利，甚至远销日本和中国，我们要让他们也品尝到这美味。”

“比尔，把牛群赶到月亮和银河系怎么样？”老撒旦抖动着胡子打趣道。

“我们现在的牧场，”比尔目不转睛地继续说，“和我们规划中的大牧场相比，实在算不上什么。不是说一个牛仔拥有一千头牛就是富有的吗？将来我们会有百万甚至千万头牛，多得数不过来。”

“比尔，原来你才是最会吹牛皮的人，”老撒旦开始同情比尔，“你知道，除了吹牛皮我没有别的爱好。但是让我不解的是，你究竟怎样来实现你的宏伟大业。”

“我自己肯定无法实现。我需要你们所有人的帮忙——老撒旦、沙迪、高贵的高里克和内华达。

“大家听好了。目前，你们最需要的就是能够施展才华的好机会。现在机会来了，只要肯努力工作，就一定可以成为英雄。只可惜大家现在只会说大话。

“可爱的印第安小马们，跟我走吧，我能带给你们荣耀，带给你们成名的机会，你们每个人都将大名远扬，凡是吃到我们牛肉的人都会晓得你们的名字。换句话说，只要有太阳照耀的地方，就会有人谈论我们的事迹。

“老撒旦，你将是我其中一个牧场的领队。这个牧场的人都将在你的带领下努力工作。你的工作就是骑着野马，甩着长绳。

“我们把‘地狱门’作为马匹繁殖基地，把飞马当做种马，我们不久就会有很多优质马匹。

“如果你们下定决心跟着我，整个世界都将是我们的！”

“佩科斯·比尔，你和飞马是我见过的最好的一对搭档，”老撒旦苦笑着说，“如果你能给我一次机会，我愿意跟着你！”

“算我一个。”

“我也是。”

“还有我。”

没有一个人退缩，他们都愿意跟着比尔。

“全体人员，”比尔非常高兴，“你们先待在这儿，做好准备。我还惦记着另一批印第安小马，我得回去看看，很快就会赶回来。”

第十一章 两个戴眼镜的英国人

佩科斯·比尔离开了“地狱门”，来到了他一直惦记着的平纳克尔峰牧场。

这里的一切秩序井然。枪械师史密斯、生锈的彼得斯、月亮亨尼西、撒谎大王、蚕豆孔等牛仔们正蹲在那里，有的削木头，有的一边咀嚼烟草汁一边射击，还有的正在打赌，看谁最会吹牛皮。

“真有意思，”佩科斯·比尔看到眼前的一切，自言自语，“事情太顺利了，一切都不用操心，他们只能整天在这里吹牛皮。”

“我不在的这些日子，事情进展的怎么样？”佩科斯·比尔站到他们身后，平静地询问。

“进展，”枪械师史密斯大笑，“什么都没有了！”

“你什么意思？”比尔满脸疑惑。

“我们把这里的一切都卖掉了，从两个戴眼镜的英国人那里挣了很多钱。你要是了解事情的经过，会认为就连魔鬼也找不到比我们更聪明的骗子了。”枪械师史密斯说着挺起了胸膛。

“吹牛！你们和‘地狱门’的恶魔骑兵一样，既懒散又爱吹牛。”

“如果你不这么迫切地打断我的话，”枪械师史密斯吼道，“我就告诉你发生的一切。”

“好吧。”比尔说完蹲在大家中间，默不作声。

“比尔，你离开之后的大半年里，一切都像天堂合奏曲一样有序。我们的生活太安逸了，几乎没有什么事可做。新篱笆牛棚如同直布罗陀岩石一样坚不可摧，牛群也不敢往山上去，它们害怕一不小心就会摔下来。

“后来实在受够了这种无所事事的生活，我们就找点事做。大家每天骑马溜达，看看有没有什么差错。但一切都那么有秩序，每天察看纯属浪费时间，后来就一个月察看一次篱笆牛棚。”

“别忘了，”恰克打断了枪械师史密斯的话，“篱笆牛棚极其坚固，就连草原土拨鼠都没有办法钻过去。”

“我正准备说这个事情。”枪械师史密斯继续说，“过了一段时间，老牛把山脚下的草全吃光了，它们不得不一点点地往山上爬。我们禁不住为这件事情庆祝，因为老牛在山上一般不会有什么危险，它们爬得越高，我们就越省心。比尔，这一点你是知道的。

“日子一旦变得枯燥无味，大家便容易相互争吵。我和恰克的意见是，把马的前腿绑在一起。月亮亨尼西和他那一拨人则认为，应该用绳子套住马脖子，拴在树桩上。

“就这样，日复一日，争吵越来越激烈。

“月亮亨尼西反对我们的观点，他认为把前腿绑在一起，野马只能跳着走，要是这样一晚上也走不了十二英里。

“而我和恰克认为，如果把野马拴在树桩上，它很容易逃脱。与其这样，还不如绑住它的前腿，让它们蹦蹦跳跳地往前走。

“争吵持续了一个月，我们的分歧越来越大，最后还是保留各自的看法。”

“枪械师史密斯，在我离开的这段时间，你带领着大家越来越会空谈了。”

比尔对他们的争吵给予了评价。

“这还没完，”枪械师史密斯接着说，“我们这次的争吵刚告一段落，又陷入另一场争吵。月亮亨尼西和他的支持者认为，那匹很壮的白马在各个方面都略胜一筹，而我和恰克则认为那匹黑白相间的花马才是最厉害的。

“这场争论愈演愈烈，又持续了整整一个月。这次的结果和上次一样，仍然是保留各自的观点。

“通过这次争吵，我发现他们那拨人顽固不化，没有道理可言。当然了，我们不敢这样当面说。

“所有人都在忙着讨论争吵，把山上的牛群彻底抛到了脑后。

“一天，我厌倦了这种争吵不休的生活，不想和月亮亨尼西还有他的那些印第安小马们再纠缠下去。要想改变一个人的观点，比搬走平纳克尔峰还要难。于是，我决定出去透透气，骑马去察看篱笆牛棚，就当作锻炼身体和休闲娱乐。

“走了四五英里，没有发现异常。我哼起了轻快的小曲，那种感觉好极了，就像是俏皮的红嘴蓝鹊。就在这时，我感觉有点不对劲。足足一英里半的篱笆牛棚全都没了，木桩都躺在地上，平整得就像被龙卷风席卷了一样！

“我马上四处察看，简直不敢相信自己的眼睛。成千上万个带有凹痕的牛角遍布山坡，还有上百个断牛角四处散落。山谷下面大概几英里远的地方，有一大群秃鹫。我惊呆了，足足有上万只秃鹫。我敢肯定这里一定发生了什么不好的事情。

“起初，我一头雾水，不知道到底发生了什么。为了一探究竟，我赶紧下马，往山上走去。山坡上面仍然到处可见凹痕牛角。再往上走，能看到牛群惊逃的足迹，就像是收割机留下的麦茬。山下光秃秃的，一片草地也没有。

山上虽有绿草覆盖，但是全被踩坏了。

“看到这些，我仍不死心，继续往上走。在这里，我终于弄清了事情的来龙去脉。一只秃鹫看到了一只长耳大野兔，凌空直冲而下。长耳大野兔反应灵敏，迅速逃跑。我找到了它们的打斗现场，地上遍布抓痕，不远处有一堆整齐的骨头。

“长耳大野兔被逮住时，发出了骇人的尖叫声。在附近吃草的黑白杂色老牛惊慌失措，急忙逃窜，但是没跑多远就失去了平衡，头朝下滚落下去，牛角每次撞在地上都毁坏一片草坪。其他的牛看到这种情况，也吓得争先恐后地奔逃。不到一分钟，山坡上牛角和牛尾巴四处飞扬。

“花一百万美元都看不到如此惨烈的场景。牛尾巴像套索一样疯狂地来回摆动，牛角闪闪发光。

“我找到这些牛时已经太晚了，它们滚落的时间太长，身上连块皮都没有剩下。

“弄明白这一切，我骑马向小屋方向飞奔，大喊‘着火啦！谋杀啦！’，兄弟们听到呼喊，全都从小屋里窜出来。人往往只有在丢牛之后才慌忙采取措施。

“这还不是最糟糕的情况。山坡背面的牛群一看篱笆牛棚倒了，全都向

灌木丛方向跑去。

“幸好奶牛因为惦记着小牛犊都没有逃走，否则我们连一头牛也剩不下了。这些小牛犊与渡渡鸟和长耳大野兔一样，生下来就是两条腿长两条腿短。

“我们四处寻找丢失的牛。令人兴奋的是，大概还剩下一千头。我们把这些牛围拢在一起，给它们重新搭建篱笆牛棚。我们不能像你那样和草原土拨鼠交流，没法让它们帮忙刨洞，只好自己动手。弟兄们挥汗如雨，干了整整六个星期才把篱笆牛棚搭建起来。我们累得简直要疯了，要不是因为这里有个永恒移动牧场，我们对平纳克尔峰真的是厌倦了。当时要是你在的话，我们也不至于这么费劲。

“我们把剩下的这些牛赶回到牧场。一切就绪后，我们又开始了为期一个星期的争吵，争议的焦点是哪头牛最傻，是那头不愿被烙印的牛，还是那头发了疯的牛。

“我们陷入了激烈的争吵，根本无法达成一致意见。如果不是两个英国人的到来，还不知道要吵到什么时候。那两个戴眼镜的英国人说，他们听说这里有个永恒移动牧场，于是穿越上千里的荒山野地找到这里。他们一边说着话，一边用手玩弄着单片眼镜和短表链。

“我们解释说，在这个移动牧场里，一切都不用操心，牛群可以很好的照顾自己，我们所做的事情就是讲一些奇闻趣事。

“我们把平纳克尔峰从头到脚大夸一通，反复强调再也找不到更理想的牧场了，再也找不到第二个平纳克尔峰。上帝早就安排好了一切，这座山上青草茂盛，牛群根本吃不完。

我们的饲养成本，一磅不到六分之一美分，如果按照一磅五美分卖掉这些牛，我们的净利润高达百分之八千。

“我把这座山描述的如此美好，这两个戴眼镜的家伙马上询问我们愿不愿意出售平纳克尔峰牧场。

“不过我们还是犹豫了大半天，告诉他们出售牧场有悖我们的意愿。平纳克尔峰就是座金矿，所以我们必须认真考虑。

“那两个人的购买欲望被激发起来后，我们每头牛出价五美元，附带赠送平纳克尔峰。

“他们认为这是一场不错的交易，询问一共有多少头牛。我们便把册子拿出来，记录显示牧场里一共有一千五百头小牛犊，所有的牛加起来是这个数目的五倍，共七千五百头。

“他俩转动着单片眼镜，玩弄着手表链，快速计算。过了一会儿，年龄稍大的人说：‘我们需要付给你们三万七千五百美元，但是在此之前，我们要数数这些牛。’

“我们建议按照行规做生意。无论是谁想买牧场，只需要看一下册子就行了，根本就没有实地数数的。

“天哪，英国人的生意规则和我们不一样，他们非要亲自数一数。

“关于这个问题我们争论了一整天。后来趁英国人没注意，恰克在我耳边低语几句，我会心一笑，同意了那两人的要求。我们告诉英国人，对我们的话持怀疑态度也没有什么，毕竟还不熟悉我们的规矩。既然大家都有意向，我们就退让一步。

“我们得想办法让牛的实际数目和册子上的数目一致起来。于是让那两个英国人待在原地等着，我们负责把牛群赶过来。

“那个年纪大的英国人负责数数，另外一个英国人拿着女人用的金装铅笔，在册子上画线。他们数到一千五百头的时候，我们让牛犊排好队，围着山循环出现，好在英国人没有起疑心。这些牛犊腿不一样长，走起来实在太慢，到了晚上，那两个人忍不住靠在树上睡着了。

“数完了小牛犊，我们便领着他们往上走。越往上走，山的周长就越短，我们屏住呼吸，紧张地引导这些牛排成圆队，唯恐发生什么意外。稍有不慎他们就能发觉我们做了手脚，好在那两个家伙都没有什么经验。

“两三个小时过去了，事情进展得很顺利。这些牛就像锡兵一样循环走过，我则站在他们身边帮忙数数。

“和谐的气氛被那头黑白杂色老牛破坏了。它走起路来一瘸一拐，屁股上有一大块白斑点，牛角下垂，尾巴短小，脸皱得就像干燥的苹果皮。它长得太有特点了，无论是谁，即使在上百万的牛群中也能一眼就辨认出它。我们给它起个外号叫‘老约拿’，要不是心存歉疚，早就把它宰了。

“‘老约拿’一瘸一拐地走过来十次了。绅士大人眯着眼睛，透过单片眼镜仔细看了看，说道：‘怎么这么多牛角下垂又跛脚的黑白杂色牛。’

“‘但是，大人，’另外一个家伙只顾着写数目，头也不抬地说，‘这种牛可以给士兵做魔鬼火腿罐头。’

“那个老家伙挺起胸脯，对着年轻人大吼，责怪他年轻太无知，根本分不清牛肉罐头和火腿罐头。他说完后继续数牛。

“趁那两人没注意，我示意恰克赶紧把‘老约拿’从队伍里面剔除。山坡背面的兄弟想尽办法阻止它，但是无论怎么努力，‘老约拿’仍然周而复始地转着圈。

“‘老约拿’走过来第十五次的时候，那个老家伙转身问我：‘老板，

顺便问问，牛群里有多少只这样的老牛？’

“‘我也不太确定’，我小心翼翼地回答，‘但我肯定的是，五百头里面最多有一头。’

“‘对于这种牛，我这个生意人恐怕付不了五美元。’

“‘随你吧，’我暗自高兴，声音听上去就像金丝雀，‘这些老牛你不用计算在内，我们全部奉送。

“听到这些，那个老家伙又挺起胸脯，这次至少有三英寸那么高，仔细算计着该怎样和我这个不经世事的、狂野的美国西部牛仔讨价还价。

“‘你真是太好了。’他一边说一边转动着单片眼镜，而后纹丝不动，对他的伙伴高声喊道，‘从总数中减掉二十七头。’

“我们的牛围着山走了一圈又一圈，累得快抬不起腿了。我有些紧张，希望它们多坚持几圈，使数目和册子上的对应起来。没想到的是，‘老约拿’居然坚持到了最后一刻，一圈都没有落下。

“就这样，我们提心吊胆地度过了三四个小时，终于把总数和册子上的对应起来，我们不禁直呼感谢上帝。

“我们的牛累得全都躺了下来。大家正准备离开，谁料想‘老约拿’还在那里独自转圈。

“‘那头垂角老牛太面熟了！’老家伙大声喊道。

“‘那些老牛长得像是因为长期训练的结果，’我用书面语给他解释，‘它们接受的生活课程都是一样的。天哪，你看那些长耳大野兔、草原土拨鼠长得也很像。’

“‘一模一样！’老家伙又转动起他的单片眼镜，‘但是这些老牛实在大煞风景。它们混在中间非常搞笑，格格不入。’

“‘但是，大人，’年轻人大声说，‘我们先把这些老牛做成罐头，用船运到古老的英国时，水手们会认为这是美国最好的魔鬼火腿罐头，或者是牛肉罐头！’

“我们快被折磨成神经病了。熬到了晚上，终于和那两个死板的的生意人完成了交易，我们给了百分之五的现金折扣。夜里我情绪激昂，无法入睡。脑海中不断浮现一幅场景，那头屁股上有大块白斑、垂角又跛腿的老牛自成一路纵队——一圈又一圈，一圈又一圈……

“我怎么样都睡不着，便起身到山坡上溜达。真不敢相信，‘老约拿’还在围着山坡转。习惯使然，根本停不下来了。等它转到十二圈的时候，我就回去睡觉了。

“信不信由你，第二天‘老约拿’还在那里转悠着。它双眼发直，目光迷离，似乎没有感觉。

“‘老约拿’就这样围着山一圈又一圈地走了整整一个星期。你要是不相信的话，我可以带你到山上看看它的那些足迹。后来，‘老约拿’当场死掉了。

“现在天一黑，兄弟们就不敢出门了。月亮亨尼西和恰克都说看到了‘老约拿’的灵魂还在那里一圈又一圈地围着山坡转，一样的动作，一样的眼神。”

枪械师史密斯的故事讲完了，佩科斯·比尔大笑不止：“你们真是自作聪明，万一被他们发现了这场骗局怎么办？”

“这俩从东边过来的家伙连啄木鸟和草原猎狗都不认识，还能识破骗局？”月亮亨尼西不屑地说。

“那俩家伙在哪里？”佩科斯·比尔焦急地问。

“他们回去拿行李了，应该后天就能回来。到时候我们的平纳克尔峰和

‘老约拿’的灵魂就属于他们了！”枪械师史密斯开怀大笑。

“是这样。”佩科斯·比尔话锋一转，“你们在这里继续玩乐，我得出去几天。后天那俩英国人来到时，我肯定能赶回来。”

“我觉得你四处闲荡的时间有点长了。”枪械师史密斯说。

“但是没有办法，”比尔回答，“我又为大家建了一个大牧场，这个牧场使平纳克尔峰黯然失色。”他说着笑着，冲出了小屋。

佩科斯·比尔骑上飞马，穿过草原，越过灌木丛，沿着河谷围拢了一大群野牛。这些牛比册子上的牛群数目还要多。很快，他偷偷地把这些牛领到篱笆牛棚。佩科斯·比尔笑着对飞马说：“我不想欺骗任何人，哪怕是那两个自以为是的英国人！”

第十二章 漂亮女孩儿苏珊

佩科斯·比尔回到了平纳克尔峰，比那两个戴眼镜的英国人早到一个小时。在他离开的这两天，枪械师史密斯和兄弟们都蹲在那里，忙着削木头和高谈阔论。

“我未来的计划是这样的，”比尔刚进屋就开门见山，“我们要建立一个规模宏大、质量上等的优质牧场。新牧场一旦运作起来，密苏里河谷、佩科斯河谷、阿肯色河谷和普拉德河谷都将容不下我们的牛群。从墨西哥中部高原到加拿大北部雪山都是我们的牛群。”

“又在说胡话！”枪械师史密斯非常吃惊。

“这段时间你威士忌喝多了吧？”月亮亨尼西嘲讽比尔。

“你们应该还记得，”比尔急切地说，“这些河谷以前到处是野牛，多得就像大海装满了水。将来我们要把这些河谷再填满牛群，总数至少和被杀的野牛数量相当。”

“你确定你没有喝烈酒或者吃疯草吗？”蚕豆孔咧嘴而笑，面带困惑，

“听起来你不太清醒。”

“你们的名字将被载入名人堂，”比尔慌忙接着说，“全世界的人都将为你们歌功颂德。因为你们的先见之明，他们才能够品尝到如此美味的牛肉。到那个时候，英国、法国、德国、意大利、俄罗斯，甚至日本和中国都将离不开我们的牛肉。”

“你不应该把英国算进去！”月亮亨尼西大笑，“那两个戴眼镜的家伙很快就会来到这里，接收我们的平纳克尔峰。他们会为‘不列颠之狮’提供大量的罐头牛肉，把他们的嘴塞得满满的，再也无法咆哮了。”

“对我们来说，这是千年不遇的一次好机会，”比尔沉着冷静，“今天下午你们就跟我离开这里，咱们一起去创造奇迹。我们要让荒凉的西部遍地盛开玫瑰！”

“比尔，这听着不像你说的话。你确定没有人灌你印第安烈酒吗？你真的没有吃疯草吗？”枪械师史密斯严肃地问。

比尔第一次使用花哨词语，大家都很惊讶。他非常庄重，话语间像是要拯救整个牧牛行业。

“当然，仍有很多野牛四处游荡，”比尔说，“我们把这些野牛围拢起来，烙上烙印。要是还不够，我们就拿着那俩英国人的钱到市场上买。”

听到这里，所有人都惊愕得说不出话。他一定是疯了，在这里瞎胡闹。

“今天下午，我们和那俩英国人交接完之后，就回到原来的牧场。我们将从那里重新起步，开始我们的新生意。”比尔继续说，并没有察觉到牛仔们渐渐积聚起来的反抗情绪。

气氛因为英国人的到来而有所缓和，他还带来了很多营地随从和一长队的马匹。除此之外，还有从堪萨斯州收集到的家具和器皿、名贵的床和床垫、

各式各样的椅子、花边窗帘和全套瓷器！

“有了这样舒服的床垫，我们德克萨斯的跳蚤还愁找不到乐园吗？”月亮亨尼西嘲讽道。

令牛仔们兴奋的是，竟然进来了两个女人！在德克萨斯州的历史上，比尔和兄弟们还是第一次在牧场看到女人，其中一个还是非常漂亮的女孩儿。

绅士大人情绪高昂，他转动着单片眼镜向大家宣布：“哦，天哪，我们已经到了。”

“我们看见了。”佩科斯·比尔从容地回答。

过了一会儿，女孩进来了，绅士大人对她说：“就是这个地方，你难道不觉得很古怪吗？”

比尔、枪械师史密斯和其他兄弟们全都坐立不安，他们摘掉帽子，沉默了很长时间。突然，漂亮的女孩打破了尴尬的气氛：“哦，妈妈，我还从来没有这么高兴过！你看！他们都穿着毛茸茸的马裤，带着叮当作响的马刺，还有真枪实弹，帽子大的能遮住月亮，这打扮和我们在书上看到的一样！我都等不及了，真想马上穿上牛仔服。如果再跨上德克萨斯野马，我岂不是美极了！哦，应该是可爱极了。今天沿着格兰德河谷，骑着只有一个肚带的名叫‘鲶鱼’的马，实在不过瘾。”

这时，绅士大人从胸前的口袋里掏出了一个丝绸手帕，掸掉长椅上的灰尘。他的妻子虚弱地坐下来，女儿的胆大妄为令她几乎说不出话。女孩叫苏珊，母亲对女儿说：“苏珊，你太让我震惊了！我和你爸爸还是希望你穿得像个女孩子！”

此时，绅士大人又掸干净一个长椅，小心翼翼地坐下，唯恐弄脏大衣。面对严厉的父母，苏珊没有丝毫收敛。她高兴地边跳边唱：

清晨走在小路上，
牛仔骑马向我来，
帽沿朝后，马刺作响，
边走边唱：
“喔……可怜的小牛
不要伤心，不要害怕；
喔……可怜的小牛，
德州是你的新家。”

牛仔们听得目瞪口呆。苏珊唱完歌，用犀利的目光看着他们，说道：“嗨，牛仔先生，我在喊你们呢——亮晶晶的眼睛、红头发和大筒靴——要是让你们教我骑马，怎么收费？在英国我已经上过几节课了……我就是骑着‘鲶鱼’到佩科斯河谷的。但是从打扮上我能看出来，你们一定是驯马高手，教的内容肯定大不相同。”

苏珊说到“长筒靴”时，牛仔们都忍不住想笑。这个女孩并不熟悉牛仔生活！佩科斯·比尔很害羞，脸上泛起的红晕透过他黝黑的皮肤清晰可见。他说话结巴，慌乱的神态令牛仔们忍俊不禁：“嗯，如果你的父母允许你穿鹿皮衬衫和皮裤……呃，抱歉，我的意思是……当然，我不会收你一分钱的……我说到做到……当然，我今天很忙……改天吧……等你们把一切都安顿好了，我再回来教你。”

苏珊看了一眼局促不安的牛仔们，开心地大声说：“我简直不敢相信自

己的眼睛！书上可没有说牛仔比学校的男生还要害羞！”

未等他们开口，苏珊再次开心地又唱又跳：

唱吧，勇敢的野狼！
尖锐的爪子，粗壮的脖子，
告诉星星我们打败了傲慢者；
夜晚潜行旷野中，
我们是最勇敢的野狼；
夜晚向天长啸，
我们是最勇敢的野狼！

苏珊还没有唱完，她的妈妈突然站起来大声责备：“苏珊，你这个孩子！从哪里学来的这种歌曲？不要再唱了！马上停下来！”

“亲爱的妈妈，很抱歉，”苏珊兴奋地回答，“我感觉很好，没有人能阻止我！我这样唱歌，有什么不好吗？我可是站在这个地球上最美妙的国度！”

苏珊的一番话，让她突然走进了牛仔们的内心。

过了一会儿，绅士大人示意佩科斯 · 比尔、枪械师史密斯和其他牛仔都去小厨房。佩科斯 · 比尔和枪械师史密斯拿到钱后祝福绅士大人一切顺利。随后，比尔一行人朝自己的老牧场出发。

一路上，牛仔们对比尔既羡慕又嫉妒。大家一致认为，美丽的苏珊一定会选比尔教授骑马。同时，他们也没有忘记苏珊对他的称呼。

枪械师史密斯先开头：“大筒靴，那个美丽姑娘的头发和眼睛是什么颜色？”

“你觉得是什么颜色就是什么颜色，”佩科斯·比尔开怀大笑，“女孩是跟大家开玩笑的，可不是跟我一个人。我知道你们都像豪猪一样在吃我的醋。不过，我很乐意教授德州最美丽的姑娘骑马！”

“是的……呃……”枪械师史密斯开始模仿佩科斯·比尔的窘态，“抱歉……我的意思是，呃……我是说……我今天很忙……但是……我是罗密欧！”

枪械师史密斯话音刚落，草原上便回荡起阵阵爽朗的笑声。接着他们就苏珊的头发和眼睛的颜色起了争执。由于当时紧张万分，根本就没敢看，谁也无法明确地说出她的任何特征。

枪械师史密斯和恰克认为，苏珊像那匹完美的特立独行的花斑马；而月亮亨尼西和他的那拨人则认为她像那匹眼睛很大的野马。双方各抒己见，争执不断升温。

佩科斯·比尔置身于争吵之外。唯一的一次发言是针对月亮亨尼西，因为他鲁莽地侮辱了苏珊。佩科斯·比尔马上手扶枪柄，冷冷地说：“月亮，收回你的话！你这样说太无礼！”

月亮亨尼西气得脸色煞白。“我只是说了不知道的事情。”他缓慢地说道。

“你知道就好。”佩科斯·比尔平静下来。

其他牛仔都假装没有听到他们之间的争吵。撒谎大王一边吹口琴一边唱起欢快的歌曲。而受辱的月亮亨尼西却对佩科斯·比尔怀恨在心。

大家继续赶路，佩科斯·比尔有生以来第一次出现了幻觉。他眼前时刻浮现出一双忽闪忽闪的大眼睛，耳畔响起悦耳动听的歌声，甜美的声音就像清澈的山泉拍击着白色鹅卵石。走到下一个路口处，他眼前又浮现出那双活泼灵动的蓝色大眼睛。

无论比尔怎么努力，这个影像一直在脑海萦绕，挥之不去。即使在睡梦

中，他也恍惚看见自己游泳时追赶骑着‘鲶鱼’的苏珊。苏珊嘲笑他，引诱他，毫不顾及他的感受。尔后，她一头扎进河里，瞬间消失在涌流中。很显然，了不起的牛仔佩科斯·比尔坠入了爱河。

牛仔们终于到达了牧场，枪械师史密斯就之前的争论做了总结发言。

“当初我们要是不那么贪婪，别欺骗老家伙，我们还有可能再回到平纳克尔峰。我们可以假装落下了东西，比如一双靴子或者是‘鲶鱼’正好可以用的肚带！但是就目前的情况而言，我们提及平纳克尔峰的时候要小心翼翼，最好不要对任何人再讲起这个地方。说不定来自英国的某个人恨不得把我们吊在树上。如果绅士大人真的那样做了，你也怨不得人家！好好考虑我的建议，不要再浪费时间讨论美丽的姑娘了。永远不要再提及那两个戴眼镜的英国人！”

“这个建议非常好。”佩科斯·比尔说。

“但是你这个人向来独断专行！”月亮亨尼西气急败坏地喊道。

“平纳克尔峰的讨论到此为止！”佩科斯·比尔回答。

佩科斯·比尔微笑着和飞马私语：“我们并没有欺骗那两个英国人。事实上我们为平纳克尔峰带去了更多的牛，其价值远超苏珊父亲给的钱！”

第十三章 牛仔们挫了美洲小燕子的锐气

枪械师史密斯和兄弟们很快意识到，佩科斯·比尔并没有意气用事，他的远大抱负就是要建立规模宏大的优质牧场。他围拢来很多野牛，令机械师史密斯和兄弟们忙得喘不过气来。

拂晓时分，只听得蚕豆孔高喊，“起床！你们这些家伙！快点过来吃饭，不然我把饭菜都扔掉！”于是，他们开始了一天紧张忙碌的生活，直到午夜才能睡个安稳觉。他们恨不得一天忙二十七个小时，一周忙十七天。生活中时时刻刻是牛群，更多的牛群！

佩科斯·比尔不得不离开几天。他在别的地方也建了新牧场，兄弟们并不知情。

繁重的工作让牛仔们不得不想办法娱乐自己，不然他们会被这种高压生活累垮的。恶作剧成了每天的例行之事，不幸往往降临在那些和他们一起干活的新手身上。

如果新手有幽默感，不冒犯大家，而且真心投入到小把戏中，一般不会被愚弄。然而，如果新手自以为无所不知，假装训练有素，吹嘘见过大象并能和猫头鹰对话，那么就有好戏看了。

佩科斯·比尔离开后的一天晚上，牛仔们正围着牛车吃晚饭，恰巧看

见一个陌生人正向他们走来。他们在半英里远的距离就敏锐地发现，迎面而来的是一个活波开朗的年轻人，举手投足间可以看出他是第一次出远门。

待陌生人走进些，只见他身穿崭新的牛仔服，走起路来神气十足，令人印象深刻。他漫不经心地叼着一根烟，牛仔们马上判断这是个纨绔子弟。

“你们怎么看，”月亮亨尼西问大家，假装看不明白，“他是一只蓝松鸦还是知更鸟？”

“你看他没有尾羽，不可能是一只蓝松鸦，”恰克睿智地评论，“他的衣服不是太整洁，也不可能是只知更鸟。”

“他更像一只美洲小燕子，”枪械师史密斯愉快地说，嘴里还嚼着一大块煮牛肉，“从外表看，他就是那种胆小的动物。”

这位陌生人听见了他们的对话，对这种幼稚的幽默马上表现出了不屑一顾：“哦，我了解你们的小把戏。”

“他有些不高兴了，”枪械师史密斯冷冷地说，“我想他已经喝了一两口啄木鸟的血，但是还不足以对我们造成伤害。毕竟他只是一只爱抱怨的美洲小燕子。”

“我不想被你们愚弄。”陌生人有些不耐烦，迫不及待地插嘴，“我想知道的是，今晚我能不能睡在这里。”

“现在我敢确定他就是一只美洲小燕子！”枪械师史密斯果断宣布。他礼貌地转向陌生人：“小燕子先生，请问我能帮您做什么吗？”

“我在问你，我能不能在这里‘留宿’！”陌生人语气中带着讽刺挖苦。他不耐烦地把烟放进嘴里，昂起下巴，烟雾从鼻子中喷出。

“留宿？”枪械师史密斯仍然礼貌地回答，“我还从未听说过‘留宿’这种动物，它和草原土拨鼠是亲戚吗？哦，对了，我想起来了，我好像听说过，它和臭鼬是表亲。朋友，是你让我想起了这些。”

“我的意思是睡觉！”陌生人勃然大怒，他把烟扔到地上，用脚狠狠地碾碎。

“你这样说，我就听明白了。”枪械师史密斯幽默地回答，“你在找睡觉的地方，对吗？但是非常抱歉，我不得不告诉你，我们根本就没有时间睡觉，一两个星期才能在不知不觉中眯一小会儿。当然，你根本不知道牧场周围有多么危险，你也不知道我们为什么即使有时间也不敢睡觉。”说完，枪械师史密斯马上表情非常严肃地问，“朋友，顺便问一句，你听说过狮熊兽吗？”

“什么是狮熊兽，很好吃的东西吗？”陌生人自作聪明地问。

“我对你的判断还是很对的，你真的只是一只爱抱怨的美洲小燕子。”枪械师史密斯仍然很严肃，“很明显，你对德克萨斯州的野生动物根本就不懂。狮熊兽长得既像山地野狮子又像大灰熊，体重相当于三头长角牛。它一顿饭能吃掉两个人，对于它来说，吃人和吃牛没有什么两样。所以我们小睡的时候，必须有人放哨。整整一晚都要端着枪，时时刻刻处于戒备状态。”

“听起来合情合理。”陌生人不由得佩服他们。

“我们还得抽人看守狼蛛，”枪械师史密斯头脑清晰，“同时有人警戒响尾蛇。还有人紧盯牛群，防备臭鼬和豪猪。只要听见了呼噜声，马上就会有人跑去察看，合上他的嘴，以防蜥蜴跳进喉咙里。还有一种不知名字的猛

兽比满周岁的牛犊还要大，它狂热的气息足以融化掉番茄罐头瓶。最可怕的是一个长得既像斑马又像鸵鸟的怪兽，它的怪癖是趁人熟睡时啃掉他的头皮。美洲小燕子先生，你看，我们小睡时都是如履薄冰，战战兢兢的！”

“但是你还没有回答我的问题呢。”陌生人换了一种口吻。

“我们睡觉的地方已经很挤了，”枪械师史密斯一边指向墙角，一边慢吞吞地回答，“但是我们会想办法给你提供一张硬板床。我们身上都有跳蚤，你不会介意睡在我们中间的，是吧？我们这儿有个规矩，绝对不能让陌生人单独睡觉，唯恐他睡得太熟了。待我们去喊的时候，往往危险已经发生，无法弥补了。”

“这样的事情上个月就发生过。一个人从马塞诸塞州来到这里借宿，他睡得太香了，结果被一只力大无穷的响尾蛇咬了手腕。你看他的坟墓就在那边。”月亮亨尼西假装一本正经。

听到这里，美洲小燕子先生特别紧张。他非常乐意睡在枪械师史密斯和恰克中间。

深夜来临，牛仔们安顿好之后，好戏开始了。

枪械师史密斯假装熟睡。他伸个懒腰，喃喃自语，看似累到了极点，不

一会儿就打起了呼噜。恰克小心翼翼地走过去，合上他的嘴。几分钟之后，枪械师史密斯再次张大嘴巴，喘息急促，躺在那里像一头僵硬的公牛。

恰克还未走近，他就假装窒息，然后突然坐起来，发出压抑的尖叫声，喉咙里像是进了异物。他不停抖动事先准备好的皮鞭，借着月光，在小燕子先生看来，皮鞭像是一只正在跳跃的蜥蜴。枪械师史密斯把“蜥蜴”拽出来后，马上跳起来，急跑几步，假装剧烈呕吐。

“我得用马笼头把这个老傻子的嘴套上，”月亮亨尼西吼道，“他以为他是谁，就这样扰乱我们休息吗？”

枪械师史密斯呕吐后，绘声绘色地给大家讲他的感受，用词无懈可击。

“闭嘴，你这个说胡话的白痴，”撒谎大王大喊，假装暴跳如雷，“你难道不知道你的号叫声惊醒了我们大家吗？你这头美洲老豹！明天晚上我们要给你戴上马笼头，一定给你戴上！”

“谁再说一个字，我就把他扔出去，”恰克咆哮道，“枪械师史密斯，你这个老傻子，赶快去睡，记得把嘴闭上。”

枪械师史密斯喘着粗气，剧烈呕吐，诅咒那该死的蜥蜴。美洲小燕子听得真切，双手像老虎钳子一样紧紧捂住嘴巴。

一个小时过去了，对这个被吓得不知所措的新手来说，就像三四个月那么漫长。突然，一阵可怕的尖叫声打破了黑暗中的寂静。美洲小燕子的全身血液立刻凝固。那声音既像垂死的人发出的哀哭声，又像大灰熊发出的咆哮声。牛仔们再次被惊醒，新手吓得浑身哆嗦。这时，又一阵同样的叫声从不远处传来。

其实，尖叫声是撒谎大王发出的，他趁大家不注意时悄悄离开，然后一边尖叫一边跑过来。

第三次可怕的尖叫声从附近传来。突然，枪械师史密斯和恰克坐起来，同时抓住新手，一边摇晃一边大叫：“起来！起来！狮熊兽来了！”

牛仔们一齐向空中鸣枪四五声。令人毛骨悚然的尖叫声离他们只有几英尺远了，又一阵枪声响过，一声痛苦的吼叫声传来，随即是长时间的沉默。

每个人都朝声音的方向冲去，远在半英里处，只听见枪械师史密斯扯着嗓子大喊：“我敢断定，这是我今年见过的最大的一只狮熊兽。牛蛙多伊尔，你和恰克在这里站岗，它的同伴随时都会过来，要是我们稍加疏忽，说不定就会有一两个人被吃掉！”

几分钟过后，牛仔们四处寻找美洲小燕子，却不见踪影。他们又寻遍方圆半英里，还是没有找到。突然，枪械师史密斯听到橡树上方传来了声音。原来美洲小燕子正站在树顶，被吓得不知所措。

枪械师史密斯和兄弟们都告诉他不会再有危险了，可怕的狮熊兽已经死了。但是无论怎样解释，美洲小燕子坚决不下来。牛仔们哄劝无用，便陆续回到硬板床，美美地睡了一晚。

第二天早餐时，蚕豆孔漫不经心地问：“大家昨晚都睡得好吗？”

“当然，连一只老鼠都没有。”枪械师史密斯一边细细品尝食物一边回答，“这是这个月以来我们睡得最香的一晚。”说完，他看了一眼新手，脸上挂着一丝微笑，“我们的陌生人是一只小鸟……一只普通的美洲小燕子。我们熟睡的时候，他突然跑了，栖息在橡树上。”

牛仔们哈哈大笑。

然而，美洲小燕子脸色苍白，像个幽灵，根本咽不下饭。

吃完早餐，枪械师史密斯把美洲小燕子领到一边，平静地告诉他昨晚的事情都是恶作剧。他拿出皮鞭，展示如何假装蜥蜴。美洲小燕子起初不相信，

撒谎大王便学狮熊兽发出可怕的号叫声，这次，他确信无疑。

“没有人会笑话你的，”枪械师史密斯向他保证，“忘掉昨晚发生的一切吧。每个来到牧场的人迟早都会经历，我们这些人也都是这样过来的。”

枪械师史密斯善意地讲了实情。美洲小燕子听后，马上表示他想买一匹马和一套相配的用具，希望能成为真正的牛仔。“我要买牧场上最好的马，必须能弹跳得很高。你明白我的意思。”

“我非常明白。”枪械师史密斯冷静地回答，他非常厌恶这种讨价还价。

“你会雇佣我吗？”美洲小燕子重新燃起了热情。

“好吧，我会雇你的……我们需要的人手很多，目前我们大概一共有二百个骑手。比尔每次带来牛群，我们都得雇佣新骑手。”

“你能告诉我，在哪里能买到最好的马匹吗？”

“让我想想。”枪械师一边回答一边思索。“我知道了，”他很快有了主意，“你到镇上找到斯伯特·麦凯，告诉他是我推荐你去的。你给他一百美元买一匹名叫‘秃子’的马。它双眼中间有白色的细条纹，右前脚踝和左后脚踝都像穿着白色长袜，左后脚踝的稍短些。”

“买好马以后，你找一家普通商店。告诉老板你要买一条亮红色的毛毯，分别镶有两颗珍珠的墨西哥手枪和鲍伊刀、一条皮鞭、一条皮绳、一个墨西哥马鞍和其他一切你需要的东西。买好这些东西后赶快回来，我马上教会你成为一个真正的牛仔。”

美洲小燕子听从了枪械师史密斯的建议，马不停蹄地向五英里外的镇上跑去。枪械师史密斯见了不由得冷笑。

美洲小燕子一到镇上，就付给商店老板一百美元，买下了那头名为“秃子”的马，它是整个牧场里最差的一匹马，事实上它连两块半都不值。美洲小燕子还把自己精心打扮一番，手上的装饰品一样都没有落下。他花了三百美元买了实际价值不到七十五美元的装饰品。

他骑马回到牧场，丝毫没有怀疑自己上当了，反而高兴得像只百灵鸟。

“你真是一个衣着讲究的时髦绅士，”枪械师史密斯向美洲小燕子打招呼，“就像从故事书中走出来一样。”他微妙地讽刺道。

晚饭时，牛仔们都假装想买美洲小燕子的马。“你准备卖多少钱？”月亮亨尼西开玩笑说美洲小燕子的小马是牧场上最好的马匹之一，“我的小马腿部关节出了问题，走路一瘸一拐，最多值一美元。”

“多少钱我都不会把‘秃子’卖掉，”美洲小燕子非常自豪，又开始自夸，“我一直梦想着能拥有一匹像‘秃子’一样的马，永远不会卖掉它。”

牛仔们绞尽脑汁要买美洲小燕子的“秃子”，最后都以失败告终。于是他们又换了个话题。恰克建议大家骑马射击最近的贸易交易点——威奇托福尔斯。

“这种小事我们一年最少干一次。”枪械师史密斯向美洲小燕子解释。

“这个星期，我就今晚有时间。”恰克说。

“我也是。”月亮亨尼西随声附和。

“还有我。”撒谎大王也参加。

“今晚愿意参加的，都把手举起来。”枪械师史密斯笑着说。

除了美洲小燕子，所有人的手都高高举起。

“美洲小燕子先生，今晚你愿不愿意和我们一起来个短途旅行？”枪械师史密斯问。

“当然，我乐意参加一切游戏，更何况我有了马和装备！”

“精神可嘉。”枪械师史密斯开心地大声说，一巴掌把美洲小燕子的肩

膀拍肿了，“我们的老板佩科斯·比尔，明天回来看到你的时候一定会非常自豪。今晚你要是表现好了，说不定他会任命你为新牧场的老板。”

枪械师史密斯说完，把美洲小燕子带到一边，认真讲解接下来要做的事情：首先，骑上“秃子”到小镇上，向空中鸣枪两声。然后，假装自己是印第安人，狂野地号叫。如果警长过来，就高喊“小矮牛”，之后快速离开。

“警长看见你，他会拼命追你。如果有必要，我们会帮助你的。”枪械师史密斯继续讲解。

美洲小燕子出发前，牛仔们轮流敬他红辣椒酒。为了证明自己的牛仔身份，他每次都用心喝下一口。在出发前往威奇托福尔斯的路上，他觉得自己一个人就足以对付“小矮牛”警长了。

美洲小燕子加快速度，奔驰在小镇唯一的街道上，一边射击一边大喊：“哦——吼！哦——吼！”

牛仔们意识到好戏马上开始，于是全都躲起来。

警长看到了街上发生的一切，一直等到美洲小燕子打完最后一颗子弹才现身。枪械师史密斯和兄弟们很远就能听见他们之间的对话。只听得警长喊道：“别动！你被捕了！”

美洲小燕子用沙哑的声音说：“你只不过是一只小矮牛！快点滚回你的土拨鼠洞！”

接下来是嘈杂的马蹄声，警长一把抓住“秃子”的缰绳，美洲小燕子被迫停了下来。短暂的沉默之后，又传来了厚重的喉音：“你是一只小矮牛——”

就在这时，一个闷响，皮鞭抽在了美洲小燕子的嘴上。再也听不到“小矮牛”几个字了。

牛仔们陆续溜回牧场，只有枪械师史密斯还在原处。一个小时后，他骑马前往小镇，停在了商店门前。

“发生了什么事？”枪械师史密斯天真地问。

“你牧场上的一个傻矮牛进了监狱！”警长的声音从后面传来。

“不会吧！”枪械师史密斯故作震惊，“发生了什么事？”

“好好管管你的人！”

“你抓的这个人是谁？”枪械师史密斯平静地问。

“这个笨蛋花了一百美元买了一匹毫无价值的‘秃子’。”

“一百美元！太让人惊讶了！”枪械师史密斯仍故做惊讶。

“的确是一百美元，根本不值这个价。”

“我真的很惊讶，”枪械师史密斯说，“我想起来了，就在今天早上美洲小燕子告诉我他无所不能。他见过大象，还能和猫头鹰对话。”

“今晚，他还看见了他从来没有见过的东西。”警长哈哈大笑。

听到这里，在场的每个人都开怀大笑。警长批准了枪械师史密斯的请求，同意他保释美洲小燕子。

枪械师史密斯领着美洲小燕子和“秃子”回到了牧场。美洲小燕子门牙松动，说起话来咯咯作响；嘴唇又红又肿，血丝渗出，几乎无法张嘴。

枪械师史密斯默不作声，解下“秃子”身上的马鞍，让美洲小燕子赶快休息。

第二天早上，美洲小燕子醒来，发现头下枕着一块大石头，牧场里仅有他一人。他四处寻找，什么都没有找到。

与此同时，牛仔们就藏在附近，笑得脸都快僵硬了。

美洲小燕子跺了跺脚上的灰尘，风尘仆仆地赶往小镇。来到了小镇，他看见了商店前的“秃子”。空枪背带耷拉在鞍角上，花哨的红毛毯似乎在嘲

笑他。

半个小时后，他被带到一个空荡荡的房间里。这里除了一把粗糙的桌子和六把粗糙的椅子，还有一个严厉的法官。

法官和警长心知肚明，这一切都是枪械师史密斯和他的那帮兄弟搞的鬼。但是这些人非常聪明，根本不会让自己卷入到官司中。

“年轻人，”法官眯缝着眼睛，慢吞吞地说，“你喝了太多的威士忌，像一头狮熊兽一样来到小镇上。你骑马奔腾在街道上开枪扫射，像恶魔骑兵的首领。你大喊大叫，像野蛮的印第安人。你竟然称呼我们尊敬的警长为小矮牛！你无视法律无视秩序。我说的这些对吗？”

“法官，你说得没错。”美洲小燕子深感绝望。

“我不管你有什么背景，也不管你来自哪里。我所知道的是，你花了一百美元从斯伯特·麦凯手里买了‘秃子’，事实上它连五美元都不值。你还花光了身上的钱买了一些无用的装饰品。在这之后你开始践踏神圣的法律。你的一系列行为表明你是个彻头彻尾的新手，你根本不知道这是个法治国家。是上帝给了我们最伟大的国度和最美丽的小镇！永远记住这一点！

“按照规定，罚你一百五十美元，服刑六个月。你应该去牢里吃黑面包，喝凉水。

“不过，念在你初来乍到，而且是初犯，免除对你的惩罚。你回到牧场以后，让佩科斯·比尔做你的担保人。”

法官宣判结束后，警长用半分钟的时间，给了美洲小燕子宝贵的建议，让他受益终生：“小伙子，年轻人犯点错误没有什么。如果一个人太了解自己，也就四大皆空了。记住，最好的表演是与同伴合奏。”

警长领着美洲小燕子来见斯伯特·麦凯，他爽快地把一百美元还给了美洲小燕子。他们又一起来到商店，置换了物有所值的商品。

美洲小燕子回到牧场，讲述了后来发生的一切。枪械师史密斯微笑着说："小伙子，游戏到此为止。如果一个人能很快忘掉之前所做的蠢事，未来就会得到生活的眷顾。我的意思是，不要让过去阻止你前进的步伐。我们做这些事情也是锻炼一下你。我们愿意接纳你，希望你能成为一个普通的牛仔。要不要试试看？"

"我当然愿意。"美洲小燕子谦虚地回答。

"比尔还没有回来，你可以先干着。去找恰克报到，告诉他我愿意给你一份正当的工作。"

历经这场风波，美洲小燕子终于学会了虚心请教。很快，他就成了这个牧场上技艺精湛的牛仔。

第十四章　佩科斯·比尔打败了龙卷风

枪械师史密斯和兄弟们每天忙于工作和游戏，不知不觉中，夏天已经过去。初秋到来，干旱如期而至。骄阳炙烤着草原，溪流干涸，草地枯萎，尘土飞扬。牛仔们的头发、眼睛和耳朵满是灰尘和沙子。牛群吐着舌头，日渐憔悴和烦躁。

佩科斯·比尔不得不想办法解决牛群的饥渴问题。很长一段时间里，他绞尽脑汁，试图寻找水源。万不得已的情况下，他用套索套着一个巨大的仙人球，骑着飞马来回快速奔跑。大地隆隆作响，一路过来，尘土漫天飞扬。几个小时后，比尔用仙人球挖了一个十英寸深、二十五英里远的沟渠。

比尔非常高兴，期待着第二天一早醒来就能看到小渠里流淌着水。但是由于过于干旱，根本没有水渗出。他不得不另辟蹊径。再三考虑后，他决定还利用仙人球，从离牧场三英里远的格兰德河引水，开辟一条流经牧场的U型渠。比尔很容易就做到了，他站在新开凿的沟渠旁边，看着流过的河水，心里乐开了花。

牛群终于喝饱了，然而小渠也干枯了。佩科斯·比尔每天早起，用套索拉着仙人球凿出十英里长的沟渠。牛仔们还在吃早餐时，他就已经开始工作。只听得突然一阵哗啦声，流水呼啸而过，好像大西洋的海水顷刻间奔涌而来。紧接着是哒哒的马蹄声，飞马突然出现在他们面前，累得气喘吁吁，像是刚刚用尽毕生精力参加完一场赛跑。

“要是能亲眼看到佩科斯·比尔把格兰德河里的水都引过来，”枪械师史密斯满怀期待地说，“我愿意拿出一年的工钱。”

“不太可能吧，”恰克诚恳地回答，“但是比尔的确每天早上都利用他的套索去引水！”

比尔的引水工程开展得很顺利。但是两个月以后，尽管比尔不遗余力地在做这件事，干旱还是变得越来越可怕。草原上的野草干得就像粉末，山艾草脆得就像火柴。

“在这样干旱的情况下，要是能躲过一场草原大火，我们就万幸了。”牛仔们每天密切关注着天气状况。

“要是真的发生草原大火的话，估计我们都会被油炸了。”枪械师史密斯微笑着说。

一个星期后的早上，远方的地平线笼罩在一片灰色的阴霾中，逐渐变得越来越模糊。牛群一直喷响着鼻子，不停地吼叫。牛仔们时不时地闻到了燃烧的青草味。幸运的是，空中仅有一丝微风。

“要是刮起西南大风，估计我们的世界末日就要来了。”月亮亨尼西沮丧地说。

第二天上午，果真刮起了西南风。远方地平线上的烟雾迅速变浓，瞬间

遮盖了阳光。细灰缓缓地飘落在地面上，向牛仔们发出了严重的警告。

佩科斯 · 比尔骑着飞马火速赶过去，又以最快的速度冲回来。他立刻大喊：“赶快救牛群，我们采取逆火方法。”

话音刚落，牛仔们便急急忙忙投入到工作中。骑手把受惊的牛围拢起来，以免它们受惊。牛仔们把柴火捆在一起，绑在套索上。然后，枪械师史密斯拖着点燃的柴火缓慢前行。大火分叉处，另外两个人骑着马跨越迎面而来的火焰，手持牛皮鞭灭火。再有两个人紧跟在旁边，拿着捆绑好的嫩枝扑灭余火。

就这样，逆火顺风而行。牛仔们忙了整整一天，终于把草原大火隔离在方圆几英里之外。

“你们知道吗，”牛仔们回到牧场屋时，枪械师史密斯笑着说，“我们看起来比一堆烧焦的公猫还要糟糕！”

枪械师史密斯的话毫不夸张。恰克、美洲小燕子、月亮亨尼西和兄弟们的眉毛被烧焦、脸上起泡、双手乌黑刺痛。尽管如此，他们的内心却非常高兴。

牛仔们倒下呼呼大睡，盼望第二天平安无事。令他们没有想到的是，厄运接踵而来。草原大火虽然被扑灭了，但是一场更大的考验在等着他们。

早上，天空灰蒙蒙的。到了中午，乌云密布。午后，没有一丝微风。天空突然变得沉重和压抑，酷热难忍。随之而来的是可怕的寂静。牛群昏沉困倦，无精打采地闲逛。

过了一会儿，天空越来越黑暗，牛群突然变得敏感紧张。它们喷响着鼻子，大声吼叫，试图逃窜。

“龙卷风来了！”枪械师史密斯皱着眉头，大声喊道，“兄弟们，赶快行动。把牛群赶到安全处。”

“把牛群分开，以免发生惊逃。” 佩科斯 · 比尔急切地说。

佩科斯·比尔一边说，一边跨上飞马，来到惊慌不定的牛群中间，用牛语和它们交流。不一会儿，牛群开始往四周缓慢移动。牛仔们紧跟在后面驱赶，以此转移它们的注意力。

突然，黑暗中传来了一声沉闷的雷声。

他们再也顾不得心疼，一边用皮鞭无情地抽打牛群，一边大声喊叫，催促它们赶紧走。

瞬间，轰隆隆的雷声划过天际。

“她爱我……她不爱我……她爱我……她不爱我……她爱我……”一道道闪电划过时，枪械师史密斯一边喃喃自语，一边撕扯菊花瓣。

很快，一团漏斗状黑物在闪电的环绕中，从黑暗深处咆哮而来。牛仔们竭尽全力驱赶牛群，唯恐被卷进漩涡。

轰隆隆的雷声中，牛仔们听到了狂野的叫喊声“咿——吆！咿——吆！”他们循声望去，只见佩科斯·比尔骑着飞马，迎着飓风，飞驰前往。

他们简直不敢相信自己的眼睛，佩科斯·比尔从来没有做过这么危险的事情。大家都认为他这次遇到了劲敌。“快停下！”枪械师史密斯大声喊叫。

但是，比尔丝毫没有放慢速度。他靠近来势汹汹的“漏斗”，敏捷地甩开套索，旋转成圆环，用

力掷向逼近的怪物。

“佩科斯·比尔要套龙卷风！”枪械师史密斯大声喊叫，上气不接下气。

比尔快速跳起，瞬间消失在黑暗中。飞马迅速闪向一边，以防被这个盘旋的怪物吞噬。尽管它反应敏捷，但还是失去了尾巴梢。庆幸的是，它捡回了一条命。

嗖嗖的风声夹杂着震耳欲聋的轰鸣声，只听得一声巨响，龙卷风从牛仔们的头顶呼啸而过。他们把疯狂的牛群围拢起来，沿着风暴的轨迹寻找佩科斯·比尔，期望能找到一点遗物。他们坚信比尔还没有跳上“漏斗”，就已经被卷走了。即使有幸存活，也一定伤痕累累。

“看看龙卷风留下的轨迹，”枪械师史密斯说，“佩科斯·比尔用套索套住的时候，它腾空而起，一下子跳起三英里高。”

“的确如此，”恰克真诚地说，“多亏了比尔，我们才没有被龙卷风卷走！要不是他套住‘漏斗’的脖子，使它往高空方向飞去，我们早就上西天了！”

“要我说，再也找不到第二个像比尔的骑士了，”枪械师史密斯心生敬畏，“这个世界上没有谁能跟他比。要是其他人也遇到这样的龙卷风，肯定和我们一样害怕，早就逃命去了。”

“住口！”月亮亨尼西厉声喊道，“刚才估计是你们最后一次见到这个狼崽了！他已经胡闹太多次了！他这次别想坐在高空，把帽子挂在月亮上了！”

“据我们了解，龙卷风不能把比尔怎么样！”枪械师史密斯说，“我们已经前前后后检查好多次了，龙卷风并没有对牧场造成太大损失，只有一个营地水壶被吹烂了。我就说嘛，谁能驾驭飞马谁就能驾驭一切！”

“你说话像是发了疯的长角牛！”月亮亨尼西慌忙插话，“任何能把铁壶弄烂的东西都是难以驾驭的。”

“既然你这么肯定，”枪械师史密斯激烈地回答，“那我就拿三个月的工钱和你打赌，我保证佩科斯·比尔能战胜龙卷风。”

“既然我在和生意人对话，那我就赌上六个月的工钱！”月亮亨尼西大声嚷嚷，“你们很快就会发现，那个狼崽并不是你们心目中的英雄。”

“要不是看在你的赌注上，”枪械师史密斯回答，“我早就把你撞飞了！你最好小心说话，否则我就和你动武！”

牛仔们激烈争论时，佩科斯·比尔一边盘旋一边唱歌，像沙漠里的苦行僧，已经踏上了生命之旅。

比尔还未跳离飞马时，他就紧紧咬住鲍伊刀，手里握着一个二十美元的金币。“无论我落在哪里，如果还活着，有了这两样东西，我就能生存下来。”比尔心想。

龙卷风没能把佩科斯·比尔甩下去，便一心想把他吓死。它直冲而下，接连拔起六座大山，砸向比尔。比尔慌忙闪避，速度之快让龙卷风几乎看不到身影。

由于高山太笨重，举起来比较困难，狂怒不已的龙卷风一路上变本加厉。它穿越了新墨西哥，所到之处皆被夷为平地，树木尽毁。对于佩科斯·比尔来讲，这比高山带来的伤害还要严重。他的身体多处擦伤，衣服被撕成碎片。愤怒的龙卷风带走了大地上的一切，很难辨认原貌。后来，人们不得不树立木桩，来辨别走过的道路。这就是著名的“木桩平原”的由来。

疯狂肆虐的龙卷风令佩科斯·比尔极为不满，但他什么都没有说。很快，龙卷风明白了他的意图。

佩科斯·比尔卷了一根烟，借助闪电点燃了！

狂怒的龙卷风失去了理智。它穿越亚利桑那州，所遇大山均被从中劈开，把佩科斯·比尔置于极度危险的境地。比尔不仅要应付迎面而来的高山和四面八方盘旋而来的树木，还要不停地躲避空中的灰尘和岩石。即使用尽全力，也应接不暇。

庆幸的是，佩科斯·比尔反应敏捷，躲闪迅速，让龙卷风难以看清。否则，他早就被一堆巨大的泥土和岩石掩埋。

龙卷风意识到，它不能一直这样持续下去。可是，无论龙卷风怎么努力，都无法甩掉比尔。

就在这时，龙卷风想出了一个好主意：把比尔扔向高空。比尔知道了它的想法后，自言自语：“和野马采用的战术一样，它曾经想背朝下压垮我。我唯一能做的就是跳起来。”

大雨滂沱，很快就形成了水龙卷。倾盆而下的大雨冲刷着高山，瞬间形成了科罗拉多大峡谷。

佩科斯·比尔凝神细视，辨别跳起的方向。他位于最高云层一千英尺之上，如果不是借助龙卷风周围的光亮，根本不知道该往哪里跳。

正下方有一大堆锯齿状岩石，佩科斯·比尔不禁想到了老撒旦从派克峰上掉落下来的惨状。于是，他转往别处。并不是因为害怕长不出新骨头，而是不想浪费这个时间。

他四处查看，西南方向看着像柔软的沙垫。他火速踏上一座山峰，尔后全力往下跳。

不可思议的是，佩科斯·比尔竟然飞起来了。由于位置太高，半个小时的时间里，他时不时地看看月亮是否还在附近，因为担心自己会飞离地球。

渐渐地，佩科斯·比尔看到了一片金色的薄雾向他伸出了双手。慢慢地，

薄雾散去，金色的光芒变得非常耀眼，继而剧烈闪动，冲向比尔，最后突然散去。四周的沙子像海浪一样高高溅起。他感觉自己像是在一个巨大的浅碗里。他往四周望去，激动异常。沙子、沙子、沙子……一望无际的沙子。

佩科斯·比尔慢慢站起来，全身刺痛难忍，浑身像散架一样。他试着走了几步，感觉一切正常。“看来，我不需要长新骨头了。”他咧嘴笑了起来。

“要是苏珊和我在一起就好了，”孤独的比尔不禁叹息，“她一定会非常享受每一刻。”

此时，佩科斯·比尔突然想起了什么，马上张开手。他简直不敢相信，龙卷风把他二十美元的金币吹成了两半。

他慌忙取下紧咬着的鲍伊刀。这次惊呆了，龙卷风竟然把它吹成了一个精致的珍珠柄小刀。

“我现在无援无助了。”比尔再次叹息，“没有钱和鲍伊刀，我该怎么办？”

他很快笑容满面：“我可以把这两样东西作为礼物送人。被吹坏的金币送给枪械师史密斯，珍珠柄小刀送给我的爱人苏珊。”

但是，牧场在哪个方向？哪条路才能找到兄弟们？佩科斯·比尔一时迷茫，无比沮丧。突然，他想到了野狼兄弟。征询了它们的意见后，比尔马上踏上了回家的路。

第十五章 神秘的陌生人

佩科斯·比尔历经重重考验时，兄弟们心乱如麻。日子一天天过去，还没有比尔的任何消息，枪械师史密斯和恰克越发担忧，但是他们都不说出来。每次遇到月亮亨尼西，他们总会吹起口哨，给自己加油打气。

“有什么可担心的？”枪械师史密斯总会这样说，“比尔一定会回来的。很可能是龙卷风带着比尔跑到了一两千英里之外，这么远的距离，他需要花费数周才能到家。”

“回到家里？根本不可能！”月亮亨尼西回答，“我说过了，你们已经见过那匹印第安小马最后一面了！”

“要不是因为跟你打赌，我早就让你好看！”枪械师史密斯咆哮着。

“是吗？说到赌注，我们现在就把牛群分了，把钱全部结清怎么样？我们有那么多的牛，每个人都已经是百万富翁。让我说，赶快分牛、算钱，完事儿。”

“月亮，别着急，干吗非要吵个不休？”

“我已经等得不耐烦了！”

“自从佩科斯·比尔被龙卷风吹走，你就不得安宁！”

“我向来都是这样。”

日复一日，双方吵个不停。渐渐地，月亮亨尼西不满于打嘴仗，开始计划公开反抗。

“我们杀掉枪械师史密斯、恰克和他的那帮人易如反掌，简单得就像杀掉豪猪和臭鼬。”月亮亨尼西向朋友秘密吹嘘。

又过了一周，还是没有比尔的消息，枪械师史密斯和恰克不知所措。他们听说了月亮亨尼西的意图后，日日夜夜枪不离手。

月亮亨尼西扬言，只要再见到佩科斯·比尔，他一定毫不手软。不仅如此，他还越来越肆无忌惮，竟然毫不避讳枪械师史密斯和恰克。

一天，月亮亨尼西骑马来到了威奇托福尔斯。他喝得醉醺醺的，把内心的想法全都讲了出来。

“要是佩科斯·比尔回来了，告诉他我一直在找他。我一定要让他好看！”

“月亮，你没事吧？”警长老所尔心平气和地问。

“如果让我遇见他，你就等着看吧，”月亮亨尼西又开始吹牛，“那个狼崽用大话征服了大家。枪械师史密斯、恰克还有他们的那帮人都对他俯首帖耳。他们有什么了不起的，不过是靠套索罢了。我要好好教训他，然后把属于我的牛群分了，痛快地过我的富足生活。这才是牧场的头等大事。”

月亮亨尼西自吹时，一个陌生人倚在了柜台边。他头戴帽子，身穿竖领衬衫。陌生人压低帽檐，遮住双眼，漫不经心地走到月亮亨尼西面前，伸出手说道：“先生，我喜欢听你说话，听起来你是一位真正的牛仔。如果你是牧场老板的话，我很愿意为你效劳。”

月亮亨尼西认真审视着面前的陌生人。他长

得很像一个人，但是怎么都想不起来。如果月亮亨尼西再耐心些，他应该能看到陌生人不同寻常的大脚。也应该能看到，眼前的陌生人用黑色的假发套遮盖了红头发。而月亮亨尼西草率地做出判断，这一定是位纨绔子弟。

“其实，我不是牧场老板，但很快就是了。我觉得你一定有机会在我的牧场上找到工作。”

月亮亨尼西一直在雇佣新手，眼前的陌生人正好为其所用。

“你在哪里牧牛？”月亮亨尼西急切地问。

“密苏里州。我和我爸爸一共养了十二头牛。”

听到“密苏里州”，月亮亨尼西笑了。德克萨斯州的牛仔们无人不知，密苏里人全是养牛新手。月亮亨尼西盛情邀请陌生人和他一起回牧场。

月亮亨尼西领着陌生人来到了牧场屋。蚕豆孔正忙着准备晚饭。

天气酷热，陌生人看起来筋疲力尽。他喝了一大杯水后，便躺在橡树下休息。他把帽子放在一边，很快就呼呼大睡。

“我们捉弄这个小子吧。”月亮亨尼西和蚕豆孔窃窃私语。

“小点声，”蚕豆孔轻声回答，“别看他睡着了，也许在偷听呢。”

“随便他偷听。不管发生什么，都能轻而易举地搞定他。”

就在这时，枪械师史密斯领着兄弟们回来了。他们远远地看到了陌生人身边的帽子，在二十英尺之外的距离，突然停住脚步，开始大声交谈。

“你们觉得该怎么对付那个东西？”枪械师史密斯提高音量，故作害怕。

“我们得先搞清楚它是什么，然后才能做出决定。”恰克回应道。

“是一只熊或者更可怕的怪物！”撒谎大王假装恐惧不已。

“你们猜得都不对，那应该是一只危险的山地野象，”恰克马上纠正，“它看起来好像还感染了狂犬病！”

“这应该是一只有毒的怪物，沿着河边上蹿下跳，还不停地尖叫‘哦哈！哇哈！’”生锈的彼得斯说。

蚕豆孔和月亮亨尼西异常兴奋。一切就绪后，只等着陌生人醒来开始游戏。但是，新手躺在那里一动不动。他听到刚才的谈话了吗？牛仔们心里打鼓，但是无论怎样都值得一试。

“兄弟们，我们不能袖手旁观，眼睁睁地看着这样一个好人被可怕的怪物吃掉！”枪械师史密斯用一种最深沉的语气大声叫道。突然，他再次提高音量，高声叫喊：“陌生人，快看那里，怪物就要跳到你身上，把你吃掉！”

果然，陌生人听到喊声，马上跳起来，像一只受惊的长大耳野兔迅速跑掉。还没来得及转身，牛仔们就一起向帽子连开三枪。

枪械师史密斯小心翼翼地下马，捡起一根长棍，一点点地靠近被击中的帽子，拿在手中慢慢地翻过来。他把枪放进皮套后说道：“兄弟们，不管它是什么怪物，反正已经死了！”

陌生人战战兢兢地返回，看到了帽子，郑重地说自己逃过一劫。

“你们救了我一命。”陌生人表情严肃。说完，他笑了起来。牛仔们也开怀大笑，觉得眼前的这个新手很有幽默感。于是，邀请他共进晚餐。

晚饭后，陌生人对枪械师史密斯说：“今天早上我听人说，你正在雇佣新手，我是过来应聘的。”

“你想做什么工作？”枪械师史密斯问。

“我想成为一个牛仔。”新手凝视着枪械师史密斯，一脸天真。

“这方面的知识你了解多少？”

“我知道很多。”

“你在哪里牧牛？”

“密苏里州。”陌生人仍然天真无邪地回答。

枪械师史密斯不由得看了一眼新手。他和牛仔们都觉得可笑，来自密苏里州的新手竟然如此自大。

“你工作的牧场叫什么名字？”

“确切地说，我们不是一个大牧场。我和爸爸在一起工作，爸爸有将近二十头牛。我的工作就是每天早上和晚上领着这些牛去喝水。有时候我骑爸爸的老母马‘凯蒂’，有时候我骑驴子‘杰克’。妈妈夸我骑得真不错。”

枪械师史密斯很反感陌生人的稚气。他见过无数个不经世事的新手，但是这个密苏里人有过之而无不及。

“很抱歉，”枪械师史密斯直截了当地说，“我们这里恐怕没有适合你的工作。”

“你说什么？”陌生人不由得哭起来。枪械师史密斯觉得他随时都可能号啕大哭，“你连一次机会都不给我吗？你是不是觉得我的骑马技术配不上你们？”

“并不是所有的马你都能骑。”枪械师史密斯更加讨厌他。

“但是，你能不能给我一个机会，让我展示一下？妈妈说我是一个真正的骑士。”

“嗯，好吧，”枪械师史密斯回答，“我们愿意给你一次展示的机会。你看到那匹杂色马了吗，就是那只拴在牛棚边上的？”

“是的，看见了。”

“那匹马名叫‘将军杰克逊’。要是你能骑上它坚持十三秒，我就给你一次机会。”

“‘将军杰克逊’竟然是一匹马的名字！”天真的陌生人说，“你的意思是说，要是我能骑上‘将军杰克逊’，你马上给我一份工作是吗？太好了！另外，能不能再给我买套衣服？我身上钱不够。”

“是的，只要你能做到，我会给你一份工作，还会额外赠送你一套服装。”枪械师史密斯说。

“太感谢了！把马牵过来吧。”陌生人就像小孩子第一次去马戏团一样高兴。

“将军杰克逊”是牧场上脾气最坏的一匹马。它性子刚烈，能将骑马者置于死地，没人敢接近。只有枪械师史密斯曾经骑过它，但是自那之后，再也不愿意骑第二次。

让新手骑这匹马，这个游戏危险至极，但是他竟然不知天高地厚，急于展现自己的技能。牛仔们都认为，他还未靠近马身，就已经受伤。

最后，枪械师史密斯大声喊道：“月亮亨尼西，你和撒谎大王一起给‘将军杰克逊’套上马鞍，然后牵到这边来。我们的密苏里朋友认为他能行。”

月亮亨尼西和撒谎大王历经一番挣扎，终于用套索把“将军杰克逊”套住了。他们蒙住马的眼睛，给它戴上笼头，装上马鞍。笼头上系着两根长绳，两人分别远远地站在两侧，拉紧绳子，唯恐受到伤害。即便有了这些防范措施，他们仍费尽心思才把“将军杰克逊”带到枪械师史密斯和新手面前。

“你们不会让我骑在那奇怪的马鞍上面吧？我和爸爸用的马鞍很小，不到它的十分之一！先生，烦劳你让他们拿掉好吗？我更喜欢什么都不用。”

听了这番话，枪械师史密斯更加厌恶他，觉得他愚蠢至极。

月亮亨尼西和撒谎大王又是一番折腾，终于卸下了马鞍。

“我和爸爸从来都不用这么昂贵的笼头，我们只用普通的马嚼子。先生，我想你不会反对把它也拿掉吧。如果符合我的习惯，我会骑得更好。”

牛仔们艰难地给“将军杰克逊”戴上了马嚼子。这匹马毫不辜负自己的坏名声，前踢后蹬，又跳又咬，凶猛残忍。半英里内随时会有危险发生。

“看起来你们牵来的这匹马脾气太坏了。但是我能稳坐在它的背上，而且毫不畏惧。现在的问题是，我该怎么上去。”

“这也是困扰我们的难题，”枪械师史密斯冷冷地讽刺道，“让恰克帮你。”

“哦，不，我爸爸从不让我求助别人。他告诉我，如果我一个人难以上马，就要坚持多试几次。要是你们准备好了，我准备试一试。”

月亮亨尼西和撒谎大王为了安全起见，一直拉着缰绳，不停地躲闪，累得筋疲力尽。其他人都在那里等着看新手出洋相。大家感兴趣的是，“将军杰克逊”到底能把新手甩多远。

突然，新手冲向“将军杰克逊”，双手紧紧抓住鬃毛，轻快上马。“将军杰克逊”刚反应过来，新手就已经一边大喊一边用缰绳猛击马耳朵了。

“将军杰克逊”为了甩掉他，想尽一切办法，乱蹦乱跳。不一会儿，尘土漫天。牛仔们几乎看不清楚发生的一切。

“我们真是一群白痴！”枪械师史密斯惊叫道，“他不是新手！他是个大骗子！我得给他买一套装备！”

“他是一个骑士，和佩科斯·比尔一样！”恰克大声叫喊。

牛仔们目不转睛地观看眼前的场景。突然，陌生人张开双手，漫不经心地挥舞着手臂，唱起了欢快的歌曲：

唱吧，勇敢的野狼！
尖锐的爪子，粗壮的脖子，

告诉星星我们打败了傲慢者；
夜晚潜行旷野中，
我们是最勇敢的野狼；
夜晚向天长啸，
我们是最勇敢的野狼！

经过一段时间的苦战，“将军杰克逊”终于放弃了，逐渐安静下来。陌生人轻轻抚摸着它，柔情低吟：

喔……可怜的小牛
不要伤心，不要害怕；
喔……可怜的小牛，
德州是你的新家。

枪械师史密斯挠了挠头，突然眼前一亮，对恰克说：“他唱的这两首歌正是苏珊唱的，就是那天在平纳克尔峰见到的漂亮姑娘！”

“你说得对，”恰克回答道，“真是巧合！”

“将军杰克逊”稳定下来之后，陌生人轻松下马，肩膀依偎着马头，抚摸着它的脸颊，喂了它几块方糖。骇人听闻的“将军杰克逊”此时成了一匹普通的马，一切听命于主人。

就在这时，陌生人拿掉假发，站到了困惑的牛仔们面前。

“你们可不要告诉我这是脾气最坏的一匹马！”他说完笑了，“为什么不把飞马带来？”

枪械师史密斯和兄弟们惊讶得说不出话来，面前的陌生人正是佩科斯·比尔。他们面面相觑，哑口无言。

“枪械师史密斯，你还好吗？”比尔一边笑着，一边与大家一一握手，“恰克、月亮亨尼西、撒谎大王，在场的每个兄弟，你们都还好吗？我怎么感觉你们不是太高兴呢。”

“我们何止是高兴，”枪械师史密斯激动万分，“简直喜极而泣！”

月亮亨尼西趁大家不注意，突然转身冲向小马。他决定逃离牧场。

“月亮，别再跑了，快点回来吧。”佩科斯·比尔叫喊道。

月亮亨尼西听到声音，担心背后飞来枪子儿，马上返回，一脸沮丧。

“月亮，”比尔深情地说，“记住，无论发生什么事情，我们永远都是兄弟和朋友。你哪里也别去，就待在牧场，你的待遇仍然和以前一样。过去的就让它过去吧，你说好吗？”

“一想起今天早上我在商店里说的那些话，我就觉得还是离开为好。”

“把它忘掉吧！”比尔哈哈大笑，“谁没有说漏嘴的时候？忘掉早上发生的事情。把手伸出来！”

月亮亨尼西尴尬地走到比尔面前，紧紧握住他的手。比尔说：“让我们翻开新的一页，过去的事谁都不许再提！”

兄弟们顿时明白了比尔的想法，他们一起向空中鸣枪。从此，没有人再提及月亮亨尼西根深蒂固的仇恨。

当晚，月亮亨尼西伤感地对他最好的朋友说：“佩科斯·比尔到底是怎样的一个人？他能轻松地让亡命之马听命于他，又能宽容像臭鼬一样的我。”

“我所了解的佩科斯·比尔，”生锈的彼得斯回答道，“可不是普通的牛仔。他是这个世界上的第九大奇迹！”

第十六章 苏珊躲避月亮

牧场上的兄弟们都急于知道佩科斯·比尔如何战胜了龙卷风，尤其是枪械师史密斯和月亮亨尼西，因为他们之前下了赌注。但是佩科斯·比尔对于这次冒险三缄其口，不愿多谈。直到二人反复拷问，他才讲述了其中的一些细节。

“我勉强战胜了龙卷风。但是在搏斗的过程中，许多地方的地理面貌被改变了。它把一座座高山连根拔起，把一片片树木茂盛的山区夷为平地。它为了把我埋在沙土里，狂怒之下挖出了一个大峡谷。失败之后更加变本加厉，你们可以想象一下后来我经历的磨难。”

“但你是怎么回到地球的？”月亮亨尼西焦急地问，希望能赢得赌注。

“龙卷风不能把我甩掉，也不能把我吓死，又不能把我压扁，那它就只剩下一件事情可做，就是把我吹向半空。”

“我早就知道你一定能战胜它！”枪械师史密斯顿时活跃起来，感觉自己就要赢了。

“我当时的处境非常惨。粗略计算，我被吹向五六千英尺的高空，下面是锯齿状的峡谷壁，稍不小心，随时会把我掩埋。我四处查看，终于看见了一望无际的沙质高原。我跳到沙堆里，四周溅起的沙子就像发生了海啸一样。”

“你是不是确定自己战胜了龙卷风？”枪械师史密斯惊叫道，“关于这件事，我和月亮亨尼西下了赌注。”

“赌注的事情，还得由你们自己解决。”佩科斯·比尔说。

“但刚才你说，你被迫跳起来了！”月亮亨尼西不愿意放弃最后的希望，“战胜龙卷风的首要一点就是，你要一直和它搏斗，直到它甘拜下风。”

“但是……”枪械师史密斯继续争辩。

枪械师史密斯和月亮亨尼西之间的分歧越来越大，牛仔们也分成了两派。最后他们打成平局，取消了赌注。整个过程中，有一点大家意见一致，都认为佩科斯·比尔即使不是太阳系的冠军骑士，在西半球也是独一无二的。月亮亨尼西更是热衷于夸奖，因为他不用再付六个月的工钱了。

一两天之后，佩科斯·比尔邀请枪械师史密斯、月亮亨尼西、恰克、撒谎大王和另外两三个兄弟和他一起去平纳克尔峰。

“我刚从平纳克尔峰回来。”佩科斯·比尔宣布。

“那个自作聪明的老家伙过得怎么样？”月亮亨尼西高兴地问。

“我敢打赌，他一定是为了苏珊才到那里去的。”枪械师史密斯咧嘴大笑。

“事实是这样的，”比尔解释道，“绅士大人遇到了麻烦。每隔一个星期，都会有蠢牛惊逃。它们顺着山坡翻滚，一直滚到山谷中。你们也许觉得那些牛会吃一堑长一智，但事实并非如此，它们愚蠢透顶，同样的事情反复发生。”

“但这些都是绅士大人的事情，和我们无关。”枪械师史密斯说。

“我向大家保证，绅士大人不会责备我们的。自从他接管平纳克尔峰以来，我经常去那里察看情况。要是没有牛群滚下山也没有牛棚需要修补，绅士大人就感觉单调无聊。所以每次到那里，我都想方设法围捕一些牛来填充

牧场。牧牛犬对我也很友好。只要我一直填充牛群，绅士大人就没有什么可抱怨的了。”

“那些瘸腿小牛犊怎么样了？它们是不是也惊逃了？”枪械师史密斯大笑道。

“永恒牧场的希望就寄托在这些小牛犊身上。他们对重心掌握得非常好，不管什么时候发生惊逃，总能围着山坡转。唯一的麻烦是，没有办法把它们赶到市场上。绅士大人讲述了事情的经过，我听着很滑稽。他说他曾经想卖掉一些牛犊，但是把它们赶到平原上的时候，这些牛犊为了保持平衡，不得不以最快的速度一直转圈跑。

“最后，它们好不容易停下来了。有些牛犊累得气喘吁吁，设法靠在大树上休息，但是大部分牛犊只得当场屠宰。绅士大人满怀希望，有一天倘若攒够了钱，他就在山脚下建立一个屠宰加工厂和一个罐头厂。到那时候，在自己家门口就会财源滚滚。”

“苏珊骑野马的技术怎么样了，是不是和骑‘鲶鱼’一样？”枪械师史密斯看着比尔，目光敏锐。

比尔停了几秒钟，重新振作起精神。

“苏珊真的很棒，”比尔由衷地夸奖，“她驾驭印第安小马易如反掌。在一次旅行中，我曾经套捕并驯服了一匹花斑马，后来把它带到了平纳克尔峰，交给了苏珊。”

“她的妈妈允许她穿牛仔裤了吗？”枪械师史密斯哈哈大笑。

“也同意，也不同意。”比尔解释道，“苏珊和她妈妈之间就如同你和月亮，都坚持己见。苏珊坚持穿牛仔皮裤，她的妈妈坚决让她穿裙子。后来她们各退一步，不过她们做得比你和月亮要好。苏珊两样都穿——里边穿皮裤，外边套裙子。”

“比尔，她真的两样都穿上了？”枪械师史密斯觉得很搞笑。

“是的，但是她这才穿上了一半。妈妈让苏珊用裙撑把裙子撑起来，这样看起来更漂亮。正常情况下没什么问题，可是每次野马飞奔的时候，裙撑里边的弹簧就会把她高高弹起。她看起来就像羽翼未丰的小鸟。”

“比尔，你这样当面说她的？”枪械师史密斯继续追问。

“当然！”佩科斯·比尔说，“我当面告诉她的。我们两个笑得眼泪都快出来了。最后她问我：‘比尔，如果你有了妻子，你会强迫她穿裙子和牛仔裤吗？她骑马的时候，你会强迫她戴上弹簧裙撑吗？’我说：‘要是我有了妻子，她愿意穿什么就穿什么。’”

“后来她怎么说？”枪械师史密斯不露声色。

“你想知道的话，我告诉你好了。她说：‘我多么希望成为你的妻子。’‘你说的是真的吗？’我深吸了一口气。‘但是你会阻止我做事情吗？’她的表情越来越严肃。‘在这个世界上，我不会拒绝你做任何事情，’我的意思是此时此刻不会，后来我想我最好把意思表达清楚些，于是我向她解释，‘除了骑飞马，我允许你做任何事情。飞马曾经把一个最好的骑士甩到了派克峰顶端，我不希望同样的事情发生在我的爱人身上。’”

“‘当然不会。’她噘着嘴说，非常失望，‘你觉得我的骑马技术不如你。等着吧，总有一天我要把该死的裙子和裙撑都去掉，我要让你看看，我一定能行！我也能骑飞马！’”

“我问她，‘你真的愿意做我的妻子吗？’她回答说：‘我想成为别人妻子的愿望还从来没有如此强烈过。’‘那好吧，苏珊，’我说，‘别放弃希望，你的愿望很快就会实现。’”

“你不会告诉我，你真要娶苏珊吧！”枪械师史密斯冷静地询问。

“我当然要娶她。我就是回来邀请你们参加婚礼的，你可以当我的伴郎。我们已经派人去请牧师了，估计他上午就能赶到平纳克尔峰。”

听到佩科斯·比尔要结婚的消息，兄弟们吵吵嚷嚷，欢声笑语不断。大家为他即将迎娶漂亮的苏珊姑娘而由衷地高兴。但是冷静下来之后，感觉就像一场梦。佩科斯·比尔真的要结婚了？他们不敢相信这是事实。

结婚的日子终于到来，佩科斯·比尔领着兄弟们向平纳克尔峰出发。他骑马走在前面，庄重而严肃，好像已经迷失在梦幻中。两三个小时之后，深深思念着苏珊的佩科斯·比尔不愿意再这样闲逛。“我得加快速度了。”他突然喊道。未等兄弟们回答，他已经快马加鞭，消失在飞扬的尘土中。

枪械师史密斯和兄弟们紧紧追赶。半道上，他们表达了对这件事的看法。

“我们以后怎么办呢？牧场上突然多了一个女人。”

“我们的牧场怎么能住一个女人！”

“说得没错，佩科斯·比尔这次一定是疯了。”

“佩科斯·比尔身边有了女人，他做事情就要受到限制，我觉得不值。”

“我们应该相信他，从过去的经验判断，他至少还是个牛仔。”

枪械师史密斯、月亮亨尼西和兄弟们到达了平纳克尔峰，他们问苏珊的妈妈是不是见到了佩科斯·比尔。

“比尔上校！”她眉飞色舞，得意洋洋，“上校带着我的女儿出去骑马了。你们先进来好吗？你们到屋里等他好吗？别紧张，放松些，就像在自己家里一样。绅士大人和牧师一起出去了，他们需要商量一些婚礼细节。很抱歉，我也得失陪一会儿了。我得去看看晚餐准备的怎么样了。请大家原谅。”

“她已经称呼我们的比尔为上校了！”枪械师史密斯压低音量“哼”

了一声。

“在她的心目中，她的女儿至少要嫁给一个少校！”恰克反感地说。

“她竟然没有称呼比尔为骑士先生或者将军！”撒谎大王说。

“她已经往那个方向努力了，接下来其他的皇家头衔便会很快跟进。”恰克开心地笑着回答。

过了一会儿，牛仔们听到外面传来了苏珊的声音。她紧张而又任性地说：“我们结婚以后，你一定要让我骑飞马！你必须答应！必须！必须！”

“但是，亲爱的，”佩科斯·比尔上校坚定地回答，“万一你在马背上摔断脖子，你就会埋怨我的，知道吗？”

“天哪！这样的话我都听过无数次了，我已经听腻了！不会的！一定不会！永远不会！我一定要骑飞马！一定！一定！一定！我要让你看看，我也能像你和其他牛仔一样驾驭飞马！别忘了，我已经不是小孩子了！”

“亲爱的，”比尔上校耐心地回答，“不要再忧虑了，我喜欢看到你的笑容，婚礼结束后我会考虑的。

“太好了，”苏珊非常高兴，“拭目以待！拭目以待！”话语间好像她已经胜利在握。

牛仔们看到比尔和苏珊进来了，立刻把帽子拿在手里，局促僵硬地站起来。

“你们什么时候到的？”比尔问，“苏珊，我给你介绍一下，他们都是我的朋友……枪械史密师、恰克和月亮亨尼西。”

苏珊热情地一一问候。“你们真是太可爱了，大老远地跑来见证我们重要的时刻。我和上校都感激不尽。顺便问一下，谁是伴郎？”

“是我，”枪械师史密斯大声说，“你们要是没有意见的话，我非常乐意做伴郎。”

“太感谢你了！”苏珊开怀大笑，“有了你，我们的婚礼会更加有意义。”

牛仔们被欢快的气氛所感染，瞬间放松下来。

婚礼开始了。新娘身穿耀眼的白色缎袍，花边线搭在裙箍上，宽大的裙子不停地摆动，裙摆铺满大半个房间，弹簧裙撑看起来更加漂亮！而最美丽的是新娘甜美的笑脸。

牧师被新娘的美貌深深吸引。“绅士大人，”他低语道，“此刻的苏珊是最漂亮的！”

比尔上校也把自己精心打扮一番，骑马跑到两千英里之外才置办了这身行头。他脚蹬手工缝制的高筒靴，光亮照人。佩戴纯金马刺。头戴一顶进口帽子，边上镶有墨西哥最好的刺绣。身穿紫色方格图案的加利福尼亚马裤，白色丝绸衬衫和红色缎子背心。外套也覆盖着精致的墨西哥刺绣。

比尔上校身上的衣服完美无缺。他信心十足，兴奋不已，果断地把头歪向左肩，嘴角几乎碰触到了耳朵。

就在仪式开始前，牧师又和绅士大人低语：“似乎有点奇怪，尽管新郎穿得美丽如画，总觉得哪里别扭。”

“我不介意，上校浑身上下散发着男子气概，”绅士大人笑着回答，“我非常欣赏他的这身衣服。”

牛仔们按捺不住内心的喜悦，等不及仪式开始，便自娱自乐起来。撒谎大王用口琴演奏婚礼进行曲，牛蛙多伊尔伴舞。每个人都沉浸在喜悦中。而苏珊的妈妈却表情冷漠，目光凝固，像埃及木乃伊。

苏珊接下来的表现让这位母亲更加震惊。她一声大叫冲进房间，稍后又

出来。只见她头戴草帽，脚蹬靴子，身着羊毛衬衫和火红色的裤子，马刺叮当作响。“咿——吆！”她大声叫喊，“牛仔新娘正好般配世界上最伟大的牛仔。”她边说边转动着帽子。

在场的每个人都被面前这位胆大又漂亮的新娘震撼了。很显然，她刚才把这身衣服穿在了新娘礼服的里面。

可是，兴奋的苏珊忘记了一件重要的事情，她身上还戴着弹簧裙撑。尽管大家都知道这身打扮不合适，但是谁都不忍心阻止她，不愿意让这位渴望自由与幸福的新娘扫兴。

苏珊的妈妈看到了这身装扮，非常恼火。她想说话，但又咽了下去。苏珊见妈妈没有吭声，又高喊一声“咿——吆！”这次的行为刺激了母亲高度紧张的神经，她伸出双手，昏倒在地板上。比尔上校见状，箭一般地冲过去帮忙。

苏珊瞅准时机，飞一般地跑向飞马，解开绳索。忠诚的飞马看到苏珊，发出了可怕的嘶鸣声。比尔上校立刻感觉不妙，慌忙之中放下苏珊妈妈去营救新娘。

但是，比尔还是晚到了一步。他和其他人刚刚跑到门口，就看到苏珊已经穿过一片尘埃，飞向了高空。

可怜的苏珊飞得那么高，不得不慌忙闪避，给月亮让路。比尔紧握拳头，慌乱之中环顾四周，寻找新娘消失的方向。历经一个半小时的巨大痛苦，他终于看到苏珊以流星般的速度飞回来了。可是弹簧裙撑着地后，她瞬间又以火箭般的速度被弹回，再次被天空完全吞没。

比尔上校曾经遭遇过无数次磨难，但这是他生平第一次感到那么无助，不得不承认从一开始就被击败了。

苏珊妈妈终于苏醒过来，发现身旁无人，匆忙出去看看外面到底发生了什么事。她看到苏珊像陨石一样落下，又像炮弹一样被弹回。她张了张口什么也说不出，顿时又昏死过去。佣人发现苏珊妈妈躺在地上，示意枪械师史密斯和月亮亨尼西把她抬进屋里。

恰克、撒谎大王和其他几个牛仔对突如其来的灾难不知所措，一个个张着大嘴，看着苏珊一次次被弹飞。三四个小时过去了，枪械师史密斯突然有了好主意。他拨开人群，走到比尔上校跟前，说道："比尔，她落下来的时候，为什么不用套索把她套住？"

"我早就想到这一点了，"比尔的语音像是掉进了万丈深渊，"但是，我担心套索会把她勒成两半。你看看这速度！"

"你不能把她揽在怀里吗？"枪械师史密斯不愿意放弃希望。

"要不是那该死的弹簧裙撑，我当然可以。但是，这个东西能要了我们两个人的命！"

经历了十多次闪电般弹跳的苏珊，开始意识到自己的艰难处境。每一次她从比尔身旁呼啸而过，都努力发出一声尖叫，向比尔上校求助："让我停下！”

但是苏珊飞出去的速度实在太快了，她发出的声音就像一声警报器，比尔根本听不见她想表达的具体想法。

绅士大人和身边人经过长时间的讨论之后，走到比尔上校身边，果断地问：“我说比尔上校，你为什么不让苏珊停下来？”

“你为什么不让她停下来？”比尔反驳道。

“但是，你心里清楚，不是我让她骑飞马的！”

“我也没有让她骑！”比尔回答，“事实上，我想尽了一切办法来阻止这场灾难。但是你看看这速度！”

“让我说，一切都是你的错。是你怂恿她的！”

“我根本就没有怂恿她。飞马的名字本身就是个警告，”比尔已经有些不耐烦，“我跟她说过，飞马很危险！”

“很明显，你太不了解女人了，”绅士大人声称，“你告诉她飞马危险，正好刺激了她，她一定要去试试，这就是女人。”

无论他们怎么争辩，漂亮的苏珊姑娘还是一如既往地飞上飞下。为了不让苏珊挨饿，第二天，比尔想了个好办法。每一次苏珊刚被弹起，他就找准时机把干牛肉串扔过去，套在她的脖子上。

饥饿难耐的枪械师史密斯、恰克和月亮亨尼西见苏珊没有停下来的迹象，便考虑返回牧场。这里一片混乱，他们什么忙也帮不上。再者，他们担心牧场上的牛群惊逃。征询了比尔的意见后，他们一行人向牧场屋的方向出发。一路上，他们笑个不停。枪械师史密斯面无表情地说：“苏珊一定能赢得‘弹跳新娘’奖章！”

生锈的彼得斯大叫道：

我是骑在空中的雷电之子，
我是创造飞行奇迹的野马，
啊，地球人，请闭上你们的窗户，
我们能撕裂云层——

生锈的彼得斯刚说完，恰克接着大喊：

我要成为一名牛仔，
套索拿在手中，脚蹬高筒靴，马刺叮当作响，
头戴宽大的帽子，
身穿高贵优雅的皮裤。

“不管美丽的苏珊最后怎样，从现在开始我绝对不会再碰飞马了，”枪械师史密斯吼道，“我非常爱惜自己的生命！”

牛仔们欢快地回到了各自的工作岗位上，但是平纳克尔峰的比尔丝毫高兴不起来。三天三夜，他目不转睛地盯着苏珊，已经掌握了她往返的规律。第一天，每两次弹跳需要花费一个半小时，第二天一个小时十五分钟，第三天只需要一个小时。照此推算，苏珊还得两三天才能停下来。

佩科斯·比尔日日夜夜无助地陪着苏珊。一到晚上，他就会燃起篝火，以此告诉苏珊他一直在守护着她。

第六天，比尔终于用套索救下苏珊，把她抱到虚弱的母亲身边。

“我可怜的孩子！我可怜的孩子！”苏珊的妈妈不停地啜泣。

“都怪比尔上校。”绅士大人仍然坚持他的看法。

美丽的苏珊姑娘累到了极点，连哭的力气都没有了。她无奈地躺着，嘴角挂着一丝微笑。一两个星期后，她仍然无精打采，但是可以发出微弱的声音，就像老鼠在低语。活泼可爱的苏珊姑娘已经失去了激情。

“比尔，如果我们压根就没有举行婚礼，情况是不是会好些？”一个星期后的下午，苏珊对守在床边的比尔哀求道，“以后，我不会再骑马了，甚至不会再看‘鲶鱼’一眼了。我现在已经完全康复，我要和妈妈一起去过平静的生活。”

苏珊的妈妈听到了这番话，把绅士大人喊过来。他们一起商定，劝佩科斯·比尔对苏珊放手。

这对佩科斯·比尔来说是一次全新的体验。他不得不告别心爱的姑娘，纵有千言万语，还是把想说的话都咽了回去。

佩科斯·比尔默默地亲吻苏珊，拿起帽子，带着复杂的情感走向耐心等待的飞马。他骑上飞马，一路狂奔。他们穿越加拿大，沿着普拉特河谷、密苏里河谷、阿肯色州山谷和格兰德河谷，一直往前飞奔。每到一个地方，比尔就会把他的故事讲给野狼还有其他的动物听，它们也向比尔诉苦。但是，这一切都不能令比尔减轻痛苦。

“虽然我不能和苏珊在一起，但是我还可以做别的事情。”比尔一边骑马一边沉思自语，禁不住流下了伤心的泪水。

佩科斯·比尔心情沮丧地回到了牧场屋，他的心就像被抽离了一样难受。一些美好的事物已经从生命中消失，再也不会回来了。

枪械师史密斯看到比尔情绪低落，表达了对他的关心。“哦，不是你们想的那样，”比尔回答道，“命运永远不会让我成为一个丈夫。令人高兴

的是，苏珊和他的亲人很快就看出了这一点。你也说过，我不适合做一个丈夫。但是，兄弟们，这还不是烦扰我的原因。”

“枪械师史密斯，真正让我担忧的是农民的到来，”比尔继续说，“普拉特河、密苏里州、阿肯色州和格兰德河，到处都是农民，篷车和窝棚迅速倍增，文明的进程正在加速！免费牧场的日子已经一去不复返了！”

“你说的都是真的！”枪械师史密斯惊呼。

“铁路和铁丝网正逐渐形成规模。我已经查看了所有的牧场地，这些都是我亲眼所见。不久，我们就得把牛都围拢在一起，然后赶往别处。当然，在这之前，我们还有许多准备工作要做。”

就在这时，歌声响起。佩科斯·比尔唱起了一首他即兴创作的歌曲：

哦，吱吱！吱吱！吱吱！
农民拉起了铁丝网，
圈占了土地；
看来我要离开这里，
去寻找一片自由牧场，
没有篱笆和嘈杂。

第四部分

佩科斯·比尔离开牧场

第十七章 偷牛贼杜瓦尔少校

尽管佩科斯·比尔告别了苏珊，但他仍然常去平纳克尔峰探望。随着时间的流逝，比尔牧场上牛的数量急剧增长，多得不计其数。这给骑手们的工作增加了很大的难度，他们难以掌控牛群。政府为了给军队哨所和印第安部落提供食物，对牛肉的需求越来越多。在这种情况下，一些政客开始做不法之事。在众多不法分子当中，最目无王法的要数杜瓦尔少校。

杜瓦尔少校视法律为儿戏，贿赂了当地所有的法律人员。

得天独厚的条件令他的“奇迹牛群”很快为人熟知。他的牧场所在地类似于“地狱门”，也处于一个隐蔽的箱形峡谷中，四周被群山包围。唯一不同的是，他的牧场要比“地狱门”的牧场大十倍。这个牧场的奇迹在于，无论杜瓦尔少校卖给政府多少牛，牛群总量一直保持不变。

杜瓦尔少校和他的心腹一直津津乐道一句俗语:“吃自己养的动物，比吃毒药还要难受。”

杜瓦尔少校和他的一帮人都酷爱熏猪肉，他们不仅偷牛，而且还跑到遥远的地方去偷猪。

有一天，杜瓦尔少校的一帮人又去偷猪。被偷的农场主发现后，一直跟踪到牧场。他自认

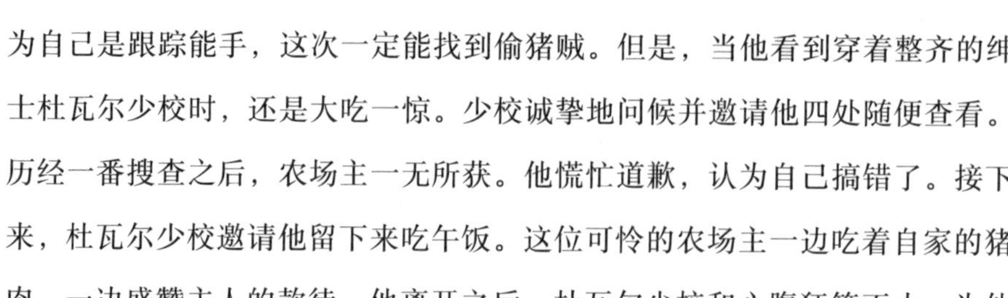

为自己是跟踪能手，这次一定能找到偷猪贼。但是，当他看到穿着整齐的绅士杜瓦尔少校时，还是大吃一惊。少校诚挚地问候并邀请他四处随便查看。历经一番搜查之后，农场主一无所获。他慌忙道歉，认为自己搞错了。接下来，杜瓦尔少校邀请他留下来吃午饭。这位可怜的农场主一边吃着自家的猪肉，一边盛赞主人的款待。他离开之后，杜瓦尔少校和心腹狂笑不止，为他们高明的欺骗手段而倍感自豪。

“我们没有杀他的唯一原因就是，”杜瓦尔对刚进来的人说，“我们要让他活着，为我们提供更多的猪肉。”

日子一天天过去，杜瓦尔上校越来越胆大妄为，魔爪不时伸向邻近牧场的牛群。他们买通了法官和律师，已经不把任何人放在眼里了。

杜瓦尔少校早就盯上了佩科斯·比尔的精品牛群，终于把触角伸向了他的牧场。骑手们知道了这个事情，都敢怒不敢言，大家都担心比尔会埋怨他们没有恪尽职守。况且，当时比尔的心思都在苏珊身上，谁也不想去烦扰他。

突然，灾难降临了。杜瓦尔少校的人正好和比尔的三个骑手在牧场相遇，他们拔枪相向，最后杜瓦尔少校的心腹死于非命。

这件事情激怒了杜瓦尔少校，暗下决心实施报复。他召集了十二个亡命之徒和地方警察，径直向佩科斯·比尔的牧场出发，扬言格杀勿论。

半路上，这帮人偶然遇到了佩科斯·比尔的两个骑手，对他们实施了枪杀。“刚才干得不错。”他们一边前行一边大笑。

“本来可以更刺激些！”地方警察之首皮克咯咯地笑着说。

后来，他们看见了美洲小燕子。他的枪放在岸边，正在波光粼粼的水中洗澡。

“抓住他！”皮克大喊。

美洲小燕子听到声音，意识到了危险。他立刻潜入水中，悄悄地去取枪，但刚刚站起来就身中数枪。

“越来越刺激了！”皮克大笑。

“是的，”波利咕哝着，“在我们遇到劲敌前，赶快去围拢一些牛吧。”

“你说得对，”皮克回答，“我们现在就去。”

不一会儿，他们就围拢了上千头牛，并把这些上等牛群赶往自家的牧场。

两三个小时后，一直沉默的暴徒皮克，好像想起来了什么重要的事情。他转身对身边的人说：“波利。”

“皮克，什么事？”

“你知道我要说什么吗？”

“皮克，我不知道。”

“告诉你好了。赖伊城的威士忌在全国赫赫有名，现在要是能喝上一两口真是太爽了。我每次成功围捕了牛群，都会去那里尽情喝几杯。”

两天后，恰克发现了美洲小燕子的尸体，美洲小燕子的小花马正若无其事地吃着草。

恰克很快弄清了事情的来龙去脉。他在岸边找到了美洲小燕子的衬衫和枪。经过仔细查看，又发现地上的马蹄印很奇特。其中一个马蹄印要比另外三个大得多，而且左后蹄印迹很浅。看到这些，恰克马上断定，这件事是杜瓦尔少校的暴徒干的，他们一直忙于扩充牛群。

恰克急忙赶回牧场屋，把美洲小燕子被杀的事情告诉了佩科斯·比尔和枪械师史密斯。然后，他们三人拿着铲子，骑马来到美洲小燕子被杀的地方。

恰克用铲子挖了一个简陋的坟墓，佩科斯·比尔和枪械师史密斯用毯子把美洲小燕子的尸体包裹起来，轻轻地放了进去，并用土掩埋好。他们站在坟墓旁边，一手拿着帽子，一手擦着额头的汗水，希望有一个人能说点什么。

过了一会儿，佩科斯·比尔宣读了悼词："美洲小燕子，我们把你留在了广袤的大草原，你将和上帝永远在一起。永别了，美洲小燕子。"

在返回的路上，枪械师史密斯说："美洲小燕子，你是真正的男子汉！"

枪械师史密斯和恰克把杜瓦尔少校和"奇迹牧场"的有关事情告诉了佩科斯·比尔。比尔听完后，沉默了一会儿，平静地说："明天上午我要到那里去一趟，看看到底是什么情况。"

"你要是去的话，就是拿命去拼，"枪械师史密斯提醒比尔，"那可是一群无情的亡命之徒。"

"我经常拿命去拼，但是每次我都胜利而归，不是吗？"佩科斯·比尔笑着说。

"但是这一次不同于往常，"枪械师史密斯继续苦劝，"你知道吗，那里是西南边疆所有爬行动物的毒窝？"

"我知道。"比尔严肃地说，脸上挂着笑容。

"杜瓦尔少校费劲心机才建立起他的庞大帝国，手下都是些不怕死的歹徒和枪手。他还收买了法官和律师，状告他也是没用的。"

"给我多准备一杆枪和充足的子弹，另外再备一根长绳，"佩科斯·比尔漫不经心地说，话语间像是要去套捕一头小牛，"我先徒步过去，打探下情况。几个小时后，你和恰克带上三四个弟兄骑马到那里，我们一起把被偷走的牛赶回来。"

佩科斯·比尔的语气斩钉截铁，枪械师史密斯意识到，无论怎么劝都没有用了。

第二天，佩科斯·比尔把自己打扮成一个密苏里州新手。他把多余的一

杆枪藏到衬衫最里边，脱掉靴子夹在胳膊下，向着“奇迹牧场”的方向飞奔而去。

自从比尔征服了飞马，他俩便如影随形。但这次是个例外，比尔觉得只身前往胜算更大。

比尔迈着轻快的步伐，很快就跑到了“奇迹牧场”的入口处。

他小心翼翼地沿着陡峭的岩石，轻盈前行，稍微有一点点响声便马上停下，保持僵硬的姿势隐藏起来，直到确保附近没有危险才继续往前走，就这样终于来到牧草地。

比尔禁不住看了一眼那些上等牛群。它们正在悠闲地吃草，根本看不出来是被圈起来的。潺潺流动的河水像一条弯曲的银线，不知不觉中，他已将自己的灵魂交由这静谧的美丽风景。

比尔继续在岩石上轻盈跳跃，最后离杜瓦尔少校精致的牧场房子仅有一步之遥。他悄悄地爬下来，蹬上靴子，走到了亡命之徒面前。他们正蹲在那里，围着篝火享用午餐。

杜瓦尔少校——一位休闲自在的绅士，坐在最尊贵的位置。领队皮克坐在他身旁，正讲述着枪杀佩科斯·比尔牧场上骑手的故事。他讲得绘声绘色，没有遗漏任何细节。突然，比尔的到来打破了他们的宁静，比尔轻松地说：“大家好！我这次彻底迷路了。你们能不能给口吃的，让我有力气回家。”

这些亡命之徒都被这个突如其来的陌生人吓了一跳。他们不知道刚才皮克讲述的故事他听到了多少。然而，杜瓦尔少校却摆出一副天生的王子之势，友善地说道：“不管你是谁，我们都欢迎。坐下来饱餐一顿吧。”

佩科斯·比尔的盘子马上堆满了食物。他狼吞虎咽，看起来好像很久没有吃过肉了。吃完之后，他聊起了家常：“这是谁的牧场？我到底在哪里？”

“我是杜瓦尔少校！”杜瓦尔的声音带着致命的威胁，“有时候，也有人叫我‘山大王’。这里是‘奇迹牧场’。”

比尔瞪大眼睛，一脸天真地望着杜瓦尔少校，无视周围锐利的目光。他接着说：“我以前从来没有听说过‘杜瓦尔’这个名字，也根本不懂你讲的这座山。我甚至不知道竟然还有这么一个地方。”

亡命之徒听了比尔的话，都开怀大笑。心想：面前的这个陌生人实际上是个新手！但是，他怎么可能从来没有听说过我们呢？

“陌生人，不管你是谁，”杜瓦尔少校平静地说，“你永远记住一件事情——‘奇迹牧场’不是一个一般的地方！它有着世界上最优质的牛群！”

“如果你想知道我的事情，告诉你好了，”比尔的回答无懈可击，“我来自密苏里州，路上带了六只猪，但是后来全都跑掉了，我正在寻找。我一路追踪，几乎跑遍了整个西南边疆，因为迷路才来到了这里了。”

“你真是遇上了大麻烦。”杜瓦尔少校回答，脸上的微笑转瞬即逝，“放松下来，就像在家里一样。你来的时候，我们正在讲述好听的故事。你听说过佩科斯·比尔吗？”杜瓦尔少校像一只老鹰一样盯着比尔，不露声色地转调问道。

“你说的是佩科斯·比尔吗？”比尔挠了挠头，面露困惑，“哦，想起来了，我在密苏里州听说过他的一些故事。但是我没把那些事情放在心上，根本就不是真的。你的意思是真有这么一个人？”

“在这个地方，你肯定是个陌生人。但是你所听到的关于那个恶棍的故事全都是真的！”

“佩科斯·比尔真有那么坏吗？”比尔问。

“比尔简直坏透了！”杜瓦尔少校用恶毒的语气回答，“毫无疑问，

佩科斯·比尔是西南边疆最坏的人！他有着和响尾蛇一样的毒血，像不礼貌的臭鼬一样行事，像狡猾的野狼一样不道德！你要是找到他，也就找到你的猪了！”

“原来是这样！”比尔假装深受感动，“但是我怎样才能找到他呢？”

“最快的方法是，”杜瓦尔少校带着冷淡的微笑回答，“赶快离开这儿，沿着原路全速奔跑，然后跟着你的直觉走，很快你就能找到佩科斯·比尔的牧场了。”

“你在捉弄我，”比尔装作天真地回答，“在这荒郊野外，一个迷路的人根本不可能跟着感觉找到那里。”

“我给你带路。”皮克一边狂喊，一边熟练地拿起套索，毫无预兆地扔向佩科斯·比尔的脖子。

“哦，你不能这样对我！”比尔说话间迅速跳向一旁，套索掉在地上，“我可不是美洲小燕子。”

佩科斯·比尔马上掏出枪，射掉了皮克的扳机指。他的手下见状，一起开枪对着比尔扫射，空中瞬间布满了子弹。比尔火速躲闪，动作敏捷，毫发无伤。

比尔一边闪避，一边开枪。杜瓦尔少校和他手下的扳机指都被射中，枪也掉在了地上。

亡命之徒的断指血流不止，他们忙于止血，根本无暇再顾及佩科斯·比尔。只要有人想逃，比尔就学狮熊兽发出令人毛骨悚然的尖叫声，他们一听到声音，马上吓得一动不敢动。

佩科斯·比尔制服了这群亡命之徒后，取下了他们的鲍伊刀和枪。不一会儿，这些武器就高高堆起。然后，比尔命令他们紧挨着站在旁边。他取下

皮克的套索，系了一个大圆环，把所有人套在一起，捆绑在树上。比尔狠狠勒紧绳索，他们挤作一团，感觉像被折断的麦秸一样难受，痛苦地哀号着。

做完这些工作，比尔又发出一声尖叫“咿——呶！”几分钟后，枪械师史密斯和恰克带着十二个骑手飞奔而来。

比尔让兄弟们把枪和鲍伊刀都收拾起来，捆在马鞍上。之后，他们从牛群里挑选出了一万头牛。

随后，佩科斯·比尔留给杜瓦尔少校和他的手下一句忠告：“今天，你们失去的只是扳机指，你们本应该受到更严重的惩罚。如果有人胆敢再踏进我的牧场半步，我一定让你们好看。”

枪械师史密斯、恰克和十二个骑手赶着牛群返回牧场。他们到达峡谷口的时候，正好撞见法官和律师，两人准备找杜瓦尔少校共进晚餐。法官和律师看到牛群时，便指责他们偷牛。这些话恰好被赶来的佩科斯·比尔听见。

愤怒的佩科斯·比尔用套索把法官和律师拖下马。他们刚想开枪，扳机指就被射掉，枪也被收走了。

佩科斯·比尔让枪械师史密斯和恰克继续赶路，自己则带着法官和律师来到杜瓦尔少校的牧场。他们看到杜瓦尔少校和他的手下被捆在树上的惨状

时，发誓要用法律的手段报复比尔。

听见他们提及法律，比尔大笑起来。他命令法官坐在长凳上，迫使杜瓦尔和皮克认罪，认罪条款达上百条之多。然后，他命令法官给每一个亡命之徒定罪，之后又附加了条件："如果杜瓦尔少校、皮克和任何一个手下再践踏比尔的牧场，或者佩科斯·比尔听说这些人又去偷牛，他就采取今天的措施来惩罚他们。"

法官把附加条件添上。佩科斯·比尔拿起公文，把法官和律师也捆绑到了大树上。把他们教训一顿后，比尔飞奔着追赶枪械师史密斯和恰克。

枪械师史密斯和恰克见到比尔，询问他是怎么出来的。比尔简单回答道："以后，杜瓦尔少校和他的那帮人不会再骚扰我们了……"

"你为什么不杀了这帮恶魔？"枪械师史密斯问。

"我觉得完全没有必要去枪杀人类，" 佩科斯·比尔回答，"你们为了活命可能会杀人，但我只需要射掉他们的扳机指就可以了。对于野狼来说，被敌人咬掉爪子就是最大的耻辱。"

第十八章 比尔和飞马离开了牧场

佩科斯·比尔和兄弟们对当前所处的环境进行了认真探讨。农场主们开始拉起带刺的铁丝网，圈占周围的土地，宣称“私人土地！不得擅入！”比尔感到越来越拥挤，时间久了，便开始厌倦。这种感觉跟当年母亲搬家到格兰德河之前一样。可是，对于比尔来说，最大的问题是，已经没有多余的开放土地可以使用。

经过长时间的讨论，牛仔们最后决定挑出部分合适的牛群，把它们赶往堪萨斯州卖掉。

比尔和兄弟们把牛围拢起来之后，估算的牛群总数是三千九百万。

“我们把这些牛都卖掉的话，”枪械师史密斯说，“估计国家只能掏得起一半的钱。”

“把它们赶往市场吧，”比尔笑着说，“这比骑马容易多了。即使把每一根带刺的铁丝网砍掉，也得把最后一头牛赶出去。”

驱赶牛群的牛仔们围成了U型，以免野牛半途跑掉。事实上，牛群时刻都在掌控中。在队伍的前面，两边都有领路人。每隔一段距离，就有骑手跟随其后。

老撒旦手里拿着笼头，跟在U型队伍的后面。走在最后面的是蚕豆孔，三只强壮的骡子拉着马车走在他的身边。很显然，比尔很清楚如何管理行进队伍。

放眼望去，到处都是大声吼叫、笨拙前行的牛群。这个场景如同当年佩科斯·比尔套索的野牛，一眼望不到头。尘土漫天，遮盖了阳光，沉闷的空气令人窒息。但是身兼数职的牛仔们毫无怨言。他们有时暴晒在炙热的阳光中，有时又在灰色的黎明中趟过冰冷的河水。

傍晚来临，蚕豆孔驱赶着马车来到清澈的小溪旁。稍后，他放下赶牛杆，把马车后面的大箱子搬下来，拿出餐具，准备晚餐。

兄弟们燃起篝火，不大一会儿，蚕豆孔就把水烧开了，煎饼也做好了。他冲正酣睡的兄弟们大喊："快点过来，不然我就把饭都扔到火堆里！"

听到喊声的牛仔们赶忙跳起，扔掉缰绳，陆陆续续蹲在篝火旁。

晚饭过后，牛仔们从马身上取下五十英镑重的马鞍，把疲惫的马赶往一边休息。他们又从马车上拿出一卷灰色的毯子，准备露宿在广阔的天空下。

夜晚，撒谎大王用口琴演奏乐曲，牛蛙多伊尔像个醉汉一样伴舞。胖子亚当斯另辟蹊径，打起了影子拳。漂亮的皮特·罗杰斯掸掉帽子上的灰尘和鬃毛，发誓以后改行做模特。老撒旦再次述说起过去的美好时光，怀念他和手下一起射击达拉斯小镇的日子。

牛仔们望着天上微笑的星星，裹起毛毯，头枕马鞍，安然入睡。月亮投射下柔和的影子，看到了一个个不规则的小灰堆。

兄弟们驱赶着牛群，佩科斯·比尔无需过多操心。但是他也一刻不得停

歇。一旦有牛群惊逃，他就骑上飞马四处奔跑，给它们唱舒缓的歌曲。牛群能听懂比尔的话，很快就稳定了情绪，即使在来势汹汹的暴风雨中。

遇到河水上涨，比尔就骑着飞马，手拿马鞭和绳索，用牛语和它们交流。他把一些顽固的牛驯服，引着领头牛来到平坦之地。

即便如此，总会有些牛突然发狂惊逃。只要发生这种情况，比尔就骑上飞马，神速引导狂奔的领头牛，不大会儿密密麻麻的牛群便慢慢围成圆形。

比尔总能救急于危难之中，避免大灾难的发生。如果没有他，枪械师史密斯和兄弟们很难掌控如此庞大的牛群。

第一个星期，枪械师史密斯和兄弟们总是让牛群累到极点。他们一直赶路，直到牛群温顺听话，不再试图惊逃为止。

夜幕降临，牛群吃饱喝足，牛仔们开始安抚它们睡觉。但这只是夜晚工作的开始。他们轮流值班看护牛群，哼唱舒缓的歌曲，骑着马一圈又一圈地来回视察，以稳定它们的情绪。

拂晓时分，大队人马再次出发，速度如同爬行的蜗牛。如果几个小时之内能行进十来英里，牛仔们就觉得万幸了。到了下午，牛群被赶到肥沃的草地，大吃一顿以满足前半夜的需求。

日复一日的单调生活还伴随着变化多端的天气。他们每天至少要过一次河，每隔一段时间就会遇到不同强度的雷阵雨。

牛仔们无法预料在变幻莫测的环境中，牛群会做出怎样的反应。有时它们顽固不化，不管牛仔们怎么努力，非要沿着错误的方向前进。有时它们像弹片一样爆炸，刺痛每个人的神经。绝望之中，牛仔们不得不射杀疯狂惊逃的领头牛。

为了避免伤害，牛仔们必须时刻保持警惕，预期牛群的每一步行动，捕捉它们每一个转瞬即逝的情绪。否则，他们难以对付突如其来的变化。在行进的道路上，牛仔们几乎不敢睡觉，必须时刻警觉，以确保牛群在掌控之中。

前行的路上，不时有农民的窝棚和铁丝网挡住去路。牛仔们至少要派三四个骑手清扫障碍。

有的农民家的牛几乎一天都没回来了。这些农民便跑过来宣称他的牛跑到了比尔的牛群中，他必须归还。

“但是我们人手不够啊。”枪械师史密斯耐心地解释。

“你们非法闯入，我要去控告你们。”农民总是这样激烈地威胁。

“再说了，我们的牛一直在赶路，疲惫不堪。我们很难把它们再围拢起来，就为了找出你的那几头。”枪械师史密斯仍然平静地解释。

农民越来越生气，简直不可理喻。佩科斯 · 比尔过来后，往往要赔偿农民牛群两三倍的数量，他们才肯作罢。但是，有时候一些农民仍然喋喋不休地指责，佩科斯 · 比尔被逼无奈，只得用严厉的话语赶走他们，但这样做的后果是，他不得不再次赔偿农民，以弥补对他们造成的伤害。

庞大的牛群就像强大的磁铁一样，吸引着农民的牛跑过来。它们吼叫着跑到比尔的牛群中，到处乱窜，再也无法被找出。

比尔时不时地围拢一些迷路的牛，增加的数量总是多于赔偿的数目。就

这样，日子一天天地过去，牛群越来越壮大。

一天晚上，牛仔们安顿好牛群之后，忙里偷闲，抽出了两三个小时，围在篝火边，尽情地谈天说地，大多重述以前的野外冒险故事。过了一段时间，他们陆续站起，奇怪的影子投射在地上。就在这时，佩科斯·比尔向大家讲述了他内心的想法："快乐的兄弟们，我在德克萨斯州的牛仔生活该告一段落了。我们把这些牛卖掉以后，所得的利润人人有份。如果你们想回去购买农场主的土地，完全有能力再组合成一个大牧场。我们原来的牧场周围，仍然还有不少牛，你们可以在这个基础上发展壮大。你们也可以拉起铁丝网，摆脱那些农民的无理要求。"

"但是，你准备干什么？"枪械师史密斯急切地问。

"我还没有想好，"比尔简单地回答，"我和飞马想好好地快活一番，但是这些我们在德克萨斯州得不到。"

"但是，你一定要和我们在一起！"枪械师史密斯仍然规劝。

"兄弟们，很抱歉，我要离开大家了，"比尔态度坚决，"你们一直都是我最好的朋友，也是我在这个世界上最宝贵的财富。当初，我抱着怀疑的态度来到你们中间。在我的心目中，人类是最凶残的。但是经过这一段时间的相处，我改变了看法，人类处处充满关怀和爱恋。所以，我庆幸自己离开狼群，选择和你们生活在一起。"

"我们也很庆幸，当初恰克发现了你。"枪械师史密斯说。

"狼群相互之间非常恩爱，"比尔继续说，"还有灰熊、山地野象、甚至狮熊兽也是如此。但是经历告诉我，没有任何一个种族能抵得上人类。以前，在狼群的教导下，我始终认为最残忍的种族就是人类，比起那些有毒的爬行动物，人类的残忍有过之而无不及。"

“离开以后，你准备干什么呢？”枪械师史密斯问，“如果你连自己都安置不好，何谈安置好这些兄弟们。”

“刚才我已经说了，德克萨斯州不是我和飞马的久留之地。我们与生俱来崇尚自由，根本不愿意被禁锢起来。”

牛仔们的谈话结束了，他们裹起灰毯，一觉睡到天亮。第二天醒来，早已经把比尔昨夜的话抛诸脑后。他们坚信，比尔永远不会离开，只有枪械师史密斯心存疑虑。

经过三个半月的劳苦奔波，这只庞大笨重的队伍终于叩响了堪萨斯州的大门。它们走过的这条道路后来被称为“奇泽姆牛车道”。

当地居民平日里目睹牛群无数，但是这只庞大的队伍还是让他们大开眼界。“热烈的掌声送给伟大的佩科斯·比尔！”牛群轰隆隆地走过时，堪萨斯州的男女老少齐声喝彩。

屠宰场的大门立刻被打开，围栏瞬间爆满；围栏外的牛群绵延至四面八方数英里。

罐头厂的经理不得不扩大厂房，规模相当于原来的三倍。工人即使三班倒，仍然忙得不可开交，他们又雇佣了五十个人扩建围栏。诸多努力仍然满足不了牛群的需求。佩科斯·比尔和兄弟们被迫把剩下的牛赶到大草原，几乎遍布了密苏里山谷。草原上的野草被吃光，多年之后，这片草原变成了大沙漠。据说，就是因为这个原因，有些地方至今寸草不生。

数量巨大的牛群被屠宰之后，带来的直接后果是价格的急剧下跌。从美国、加拿大、英国、德国、法国、意大利，甚至远至中国和南太平洋诸岛，牛肉都供大于求，每英镑跌了十美分。在一些偏远地区，牛肉罐头仍然摆放在商家的货架上。然而，就是通过销售这种牛肉罐头，美国的一家包装公司

率先成为了国际机构。

所有的牛被屠宰后，牛仔们把利润均分，每个人都腰缠万贯。

“按照我说的去做，”比尔说，“你们一定不会后悔。你们守护好口袋，而我会拿出一些钱去逗乐那些城里人。”

后来，牛仔们听从了佩科斯·比尔的建议，回到了牧场。这就是至今在德克萨斯州西部和蒙大拿州仍然遍布着度假牧场的原因。

交易完成后，牛仔们都沉浸在喜庆的气氛中。他们商定在堪萨斯州举行一次“狂野西部表演”。

枪械师史密斯和老撒旦领着牛仔们表演花式射击和花式跳绳。随后比尔骑上飞马，枪械师史密斯紧跟其旁，二人展示史无前例的马背射击。

老撒旦和骑兵为观众讲述当年射击边陲小镇的故事。他结束了关于“地狱门峡谷”的演讲后，观众们听得出，当年的他风光无限。

撒谎大王拿出了他的绝活，用口琴同时演奏两种曲调。左边吹《小花牛》，右边吹《哦，不要把我葬在荒凉的大草原》，同时演唱《摇篮曲》。

牛蛙多伊尔不甘示弱，伴着撒谎大王的三个曲调即刻起舞。观众们都倍感疑惑，究竟如何才能控制如此灵活多变的身体。大家都觉得他的腿随时都有可能飞向太空。

生锈的彼得斯和胖子亚当斯打起了影子拳。胖子亚当斯为了躲避重拳，闪向一旁，消失不见。生锈的彼得斯吹嘘说，他把胖子亚当斯送上了月球。观众们半信半疑时，胖子亚当斯突然站到了他的身后，大家捧腹大笑。

“狂野西部表演”结束后，当地居民啧啧称赞，声称这是他们看到的最精彩的一场牛仔表演。

在离开小镇前，佩科斯·比尔决定教训那些无礼之徒。一些流里流气的年轻人常常散播蔑视牛仔的言论，使比尔的自尊心受到了极大的伤害。

“我要教训他们，让他们懂得尊重。我天亮之前赶回来，”比尔告诉兄弟们，“你们就待在这里，静观其变。”

黄昏后，比尔沿着街道勘察情况。在一个酒吧前，他遇到一群无所事事的小混混，其中一个名叫艾莱克的人正激烈地抨击牛仔。比尔停下脚步，正视着他，笑着说：“我希望你不是有意冒犯。”

“你这只臭牛！你以为自己是谁，竟敢和我说话！快点滚回牧场，那里才是你该待的地方，把你的话讲给野狼听吧！”

比尔径直走向艾莱克，艾莱克拔出枪对准他。大家还没有反应过来，比尔就已经射掉了他的扳机指，飞奔到拐角处，消失得无影无踪。

比尔沿着小巷，来到了另外一条街道。他正漫无目的地走着，突然听到又一个“艾莱克”在侮辱他。

比尔和刚才的做法一样，选择及时报复，瞬间又消失在一条街道。不到一个小时的时间，整座城市已经闹得沸沸扬扬。警察听到了枪声，立即展开追捕，他们绝不允许当地居民输给区区一个牛仔。

佩科斯·比尔并不知道自己已经被追捕，仍然穿梭于各条街道。他行动迅速，令人难以置信，警察连个人影儿也见不到。

到了晚上，比尔撞见了一位名叫巴克纳的壮汉，他是整个牧区最著名的巨人。巴克纳有个毛病，只要遇到看不顺眼的，一定用猛拳重击。他在酒吧喝完酒，总是喜欢骑上野马，外出寻求刺激。只要碰见印度斗士，他一定要把他们打倒；甚至为了显摆自己，还要把部落首领击倒三次。

比尔见到巴克纳的第一眼，就知道了他的来历。他是整个西南边疆唯一一个没有佩戴手枪的人。

二人互相打招呼后，比尔冷冷地说："来吧，巴克纳。我让你三拳。"

"让我三拳，你太狂了！"巴克纳生气地大叫，"你这只微不足道的印第安小马，我轻轻一击就能把你打倒。"

"我不会像你那样说大话。"比尔笑着说。

巴克纳被彻底激怒了，他突然扑向前，伸出了霹雳掌。比尔迅速跳离，躲开了重击。

巴克纳使出浑身解数打出的拳头扑了空，由于用力过大，导致胳膊脱臼，重重趴倒在地。他十分愤怒，挣扎着站起来，又一次扑向比尔。这次更惨，另一只胳膊肘关节断裂，鼻子再次着地。

"你是我遇见的最心急的印第安小马，"比尔嘲讽道，"你不值得我出猛拳，但是我要让你长长记性。"

比尔刚说完，拳头便落在巴克纳的脸上。他的鼻子被打歪，双眼发黑，感觉天旋地转。"现在你也尝到了被击打的滋味了。"

话音刚落，已不见比尔的身影。

警察局绝望之下，请求消防局帮忙。可是全面搜查也以失败告终，因为附近有太多的酒馆和无业游民。

午夜降临前，比尔已经巡查了每一条街道，教训了那些游荡在酒馆附近的混混。接下来的两周最繁忙的要数外科医生了，以前还从未出现过这种现象，一夜之间这么多的人失去了扳机指。

警察局局长彻底绝望了，最后他颁布了一条命令，逮捕所有的牛仔。他们布下了天罗地网，枪械师史密斯、老撒旦和其他牛仔都被无辜地关进了监狱，被迫在监狱过夜。这些无辜的牛仔说了一些关于警察局的很经典的话，幸好没有人拿笔记下来，要不然警察该丢人了。

月亮亨尼西被捕前，把三个酒馆的烈性酒喝了个精光，酩酊大醉。枪械师史密斯、老撒旦和其他牛仔正怒气冲冲，述说压迫者的所有邪恶行为时，比尔已经完成了使命。最后一个暴徒被教训后，比尔挥舞着帽子，轻跃飞奔，投向飞马。他一边骑着飞马一边狂笑："这些人应该长记性了，以后见到牛仔不敢再无理取闹！"

等到全城出动追击比尔的时候，他已经消失在了茫茫夜色中。最后，政府悬赏五千美元抓捕佩科斯·比尔，但许多侦查机关努力多年，仍徒劳无功。

第十九章 受人敬仰的英雄

重赏之下，仍然没有人能抓住佩科斯·比尔。关于他的去向，兄弟们之间展开了激烈的争论。

枪械师史密斯和月亮亨尼西一直争吵不停，日复一日，年复一年，从未达成一致意见。

月亮亨尼西认为，佩科斯·比尔的到来，使畜牧业和农业得到了快速发展。“但是，那些野生动物不会轻易放过佩科斯·比尔的，”月亮亨尼西表达了观点，“比尔教给牛仔新的牧牛方法，使畜牧业技术得到提升，同时也发展了铁路和农业。但是，如果不是因为比尔，那些野生动物就能猎捕到更好的美食，你说对吗？它们难道不恨比尔吗？”

“那你觉得野狼会怎样对待比尔？”枪械师史密斯问。

“毫无疑问，野狼绝对不会放过他。它们很可能一拥而上，扑向比尔和飞马，美美地饱吃一顿。”

“不要再愚蠢地相信这些胡言乱

语。”枪械师史密斯反驳道，“比尔可不是新手，任何狼群都别想碰他。有神速的飞马帮忙，无论多么凶残的野生动物都别想捕获他。”

“那么，你觉得比尔现在怎么样了？”月亮亨尼西急切地问。

“关于这个问题，我们已经争执很久了，”枪械师史密斯解释道，“那些残忍的动物肯定都想抓住比尔。不过，他一声令下，飞马就会以箭一般的速度飞奔。当然，狼群会紧紧追赶，但是一两天之后，比尔便会甩它们五六千英里。到时，比尔会嘲笑那些高傲自大的狼群竟然痴心妄想。”

“然后呢？”月亮亨尼西已经迫不及待。

“佩科斯·比尔一定藏在了一处隐蔽的箱形峡谷，四面环山，没有人能找得到入口。以前比尔太忙了，根本没有时间告诉我们他的打算。他很可能又建了一个世界上最大的牧场。我敢打赌，他一定把苏珊也带过去了。他去接苏珊的时候，苏珊看到飞马还心有余悸。比尔现在一定用小花马把她安抚好了，两人在世外桃源过着幸福快乐的生活。”

“如果真是这样，”月亮争辩道，“他为什么不来接我们？你知道的，佩科斯·比尔一定不会把我们忘了！”

“你也了解漂亮的苏珊姑娘，她一定对这件事表达了反对意见。箱形峡谷山清水秀，沉浸在幸福中的比尔和苏珊怎么愿意被我们这一群粗鲁的人打扰？他们过着神仙般的生活，潇洒快活，自由自在。我们这些人和那美丽如画的风景根本不般配。况且，他们两个很可能已经生养了十多个小男孩，有了自己的一个小组织。”

“你太富有想象力了，”月亮亨尼西说，“我觉得你的分析大错特错。佩科斯·比尔和飞马一定抛尸野外，要是我们知道他们在哪里，一定能找得到。”

枪械师史密斯和月亮亨尼西争执不下，双方各执一词。他们越吵越坚信自己的观点是对的。

此后，无论在什么地方，只要牛仔聚集在一起，佩科斯·比尔总是他们讨论的话题。比尔已经成了牧场之神。一旦有牛群突然惊逃，牛仔就一边策马，一边自言自语："要是佩科斯·比尔在的话，他只需要用长套索把你们这群可恶的东西都捆起来，你们立刻老老实实！"

如果有牛仔表演花式绳，肯定会有人这样评论："这个新手表演的还行。但是，和佩科斯·比尔相比就差远了，比尔只需要用一只手而且闭着眼睛就能远远地超过他。"

佩科斯·比尔在人们的心目中一直在表演弓背跃起、花式绳等绝技。同样的情况不仅发生在各个地方：夏延、沃斯堡、丹佛、温尼伯湖、格兰吉维、卡尼、萨利纳斯、尤凯亚和沃拉沃拉；也发生在各种节日：边疆日和牧牛者狂欢节等。每个人都对佩科斯·比尔充满着无限的憧憬，他将承载着光荣与梦想，潇洒地驰骋在大草原上，直到永远。